Vous rêv... ...d'un p...

C'est l'avent... ...propose... les éditions POINTS avec leur
Prix du Meilleur Roman des lecteurs de POINTS !

D'août 2013 à juin 2014, un jury composé de 40 lecteurs et de 20 libraires recevra à domicile 10 romans récemment publiés par les éditions Points et votera pour élire le meilleur d'entre eux. Le jury sera présidé par l'écrivain Agnès Desarthe.

Pour rejoindre le jury, déposez votre candidature sur **www.prixdumeilleurroman.com.** Les inscriptions sont ouvertes jusqu'au 31 octobre 2013.

Le Prix du Meilleur Roman des lecteurs de POINTS, c'est un prix littéraire dont vous, lectrices et lecteurs, désignez le lauréat en toute liberté.

Plus d'information sur
www.prixdumeilleurroman.com

...ez de devenir juré
prix littéraire ?

...ture que vous proposons...

RÉJÉTÉ
DISCARD

Tierno Monénembo est né en Guinée en 1947. Son œuvre, comprenant une dizaine d'ouvrages principalement ancrés dans l'histoire du pays peul, est une des plus importantes de la littérature africaine d'aujourd'hui. Il a reçu le prix Renaudot pour son roman *Le Roi de Kahel* (2008).

DU MÊME AUTEUR

Les Crapauds-brousse
Seuil, 1979
et « Points », n° P2318

Les Écailles du ciel
Grand Prix de l'Afrique noire
Mention spéciale de la fondation L. S. Senghor
Seuil, 1986
et « Points », n° P343

Un rêve utile
Seuil, 1991

Un attiéké pour Elgass
Seuil, 1993

Pelourinho
Seuil, 1995

Cinéma
Seuil, 1997

L'Aîné des orphelins
Seuil, 2000
et « Points », n° P1312

Peuls
Seuil, 2004
et « Points », n° P2212

La Tribu des gonzesses
théâtre
Cauris-Acoria, 2006

Le Roi de Kahel
prix Renaudot
Seuil, 2008
et « Points », n° P2204

LP ROM MON 12.95$ R

FEV '15

Tierno Monénembo

LE TERRORISTE
NOIR

ROMAN

BEACONSFIELD
Bibliothèque - Library
303 boul Beaconsfield,
Beaconsfield QC H9W 4A7

Éditions du Seuil

TEXTE INTÉGRAL

ISBN 978-2-7578-3600-2
(ISBN 978-2-02-098669-4, 1re édition)

© Éditions du Seuil, 2012

Le Code de la propriété intellectuelle interdit les copies ou reproductions destinées à une utilisation
collective. Toute représentation ou reproduction intégrale ou partielle faite par quelque procédé
que ce soit, sans le consentement de l'auteur ou de ses ayants cause, est illicite et constitue une
contrefaçon sanctionnée par les articles L. 335-2 et suivants du Code de la propriété intellectuelle.

À la mémoire de Hadja Bintou, ma mère,
de Nénan Bhôyi,
de Nénan Mawdho,
de Néné Biro,
de Néné Diami Tanta,
de Julien Condé,
de Bolya Boyinga,
de Théogène Karabayinda.

Pour Sarsan Tierno, Tierno Macka,
Alpha Saliou, et Karamoko Mamadou.

Pour les tirailleurs sénégalais, morts ou vifs.

Merci à Anne-Marie et à Étienne Guillermond
ainsi qu'à tous ceux de Tollaincourt.

On fleurit les tombes, on réchauffe le Soldat inconnu,
Vous, mes frères obscurs, personne ne vous nomme.

LÉOPOLD SÉDAR SENGHOR

Vous a-t-on dit qu'avant son arrivée à Romaincourt, personne n'avait jamais vu de nègre, à part le colonel qui savait tout du cœur de l'Afrique et du ventre de l'Orient ? Non, vraiment ? Vous avez tout de même entendu parler du bastringue que cela faisait en ces années-là à cause des Boches, des Ritals, des Bolcheviques, des Ingliches, des Yankees, et de tas d'autres gens qui, tous, en voulaient à la France, et avaient décidé, allez savoir pourquoi, de mettre l'univers sens dessus dessous rien que pour l'emmerder ? Le fatras, Monsieur, le grand caillon, comme cela se dit chez nous ! Des morceaux de Lorraine en Prusse, la Lettonie accolée au Siam, des éclats de Tchécoslovaquie partout, des Kanaks sur la banquise, des Lapons près de l'Équateur, et lui, ici, dans ce trou perdu des Vosges, dont il n'entendit prononcer le nom que plusieurs mois après qu'on l'eut découvert gisant, à demi-mort, à l'orée du bois de Chenois.

C'était la grande guerre, Monsieur, la *chale avvaire*, comme l'appelait mâmiche Léontine qui en soixante ans chez les Lorrains n'avait rien concédé de son accent du Sundgau. Vous ne pouvez pas l'ignorer, personne ne peut ignorer cette période-là, même chez vous sur les bords du Limpopo.

Ce sont les Valdenaire qui le virent pour la première fois. Le père et le fils, Monsieur, à la saison des colchiques ! Ils allaient aux jaunottes et puis le fils, surpris, poussa le cri de sa vie en entendant un bruit de bête que l'on égorge. Il ferma les yeux et pointa du doigt une masse sombre et inquiétante affalée dans un fourré d'alisiers, là où la terre semblait moins boueuse. Le père, accouru, sursauta, transpira à grosses gouttes, puis reprit très vite sa dignité :

– Mais voyons, Étienne, ce n'est là qu'un pauvre nègre.

– Un espion des Allemands, alors !

– Ils n'ont plus de nègres, les Allemands, et c'est bien pour cela qu'il y a la guerre… Venez, fils !

– Mais, père…

– Taisez-vous, Étienne !

Les Allemands venaient de bombarder Épinal, et moi, Germaine Tergoresse, j'ignorais encore tout de votre oncle. J'ignorais qu'il s'appelait Addi Bâ et qu'il venait de s'évader d'une garnison de Neufchâteau. Surtout, j'étais loin de me douter que quelques mois plus tard, il viendrait habiter cette maison que vous voyez là, juste de l'autre côté de la rue, bouleverser la vie de ma famille et marquer pour de bon l'histoire de ce village.

Cette insolite rencontre avec les Valdenaire fut le début de tout. Je ne fus pas témoin de cette scène mais je sais que l'on était fin septembre, un automne triste où les bombes volaient en éclats sous les pattes des daims, où les chiens-loups venaient gémir jusqu'aux portes des maisons. Sonnez à n'importe quelle porte et l'on vous décrira mieux que si Renoir en avait fait un film sa petite taille, son teint de ricin, son nez de gamin, ses yeux de chat, ses habits de tirailleur, tachés de sueur et de boue, le buisson d'alisiers sous lequel il gisait, l'odeur de la tourbe, et le bruit des sangliers sous les châtaigniers.

Il en faut des tas de petits hasards pour tisser une existence, n'est-ce pas ? Pensez que cette histoire n'aurait pas eu lieu, que je ne serais pas là en train de pérorer sur votre oncle si l'Étienne avait obéi à son père. Le destin voulut que plus tard, à table, alors qu'il attaquait sa tofaille, sa bouche s'ouvrit pour ainsi dire toute seule et lâcha d'une seule salve :

– Alors, ce nègre, nous allons le laisser dans la forêt, père ?

Les fibres de son être avaient pourtant formé une nasse bien solide pour tenter de retenir cette question. Du moins le croyait-il. Il y était parvenu sur le chemin du retour, et même tout le temps qu'il lui avait fallu pour puiser l'eau, déterrer les légumes du jardin, glaner du charbon et allumer le feu. Puis le barrage avait cédé avec une violence telle qu'il s'était senti délivré, malgré le visage décomposé de son père. Délivré de ce fardeau plutôt que navré de l'énorme bourde qu'il venait de commettre. En dix-sept ans de vie sur terre, il ne s'était jamais comporté de la sorte. Parler ainsi à papa devant maman alors que l'on était à table et que dehors, c'était la guerre !

– Vous avez un nègre dans la forêt, Hubert ?

La voix de sa mère affectait le même ton que les autres jours, neutre et posé, mais avec une petite inflexion qui laissait deviner on ne savait quoi de tragique et de scandaleux.

– Vous me cachez quelque chose, Hubert Valdenaire !

Les corvées, le vouvoiement, les tenues sombres, les bruits de sabots, les longs silences ponctués de catarrhes et d'essoufflements avaient toujours rythmé la vie de la maison, mais il savait l'Étienne, que quand sa mère disait Hubert Valdenaire, c'est que plus rien ne tournait rond en ce pauvre monde.

Sa mère s'était brusquement levée, tandis que son père prenait une mine lugubre, mâchonnant une croûte de pain nappée d'une couche de Brouère.

Quelques minutes plus tard, alors qu'il se démenait dans le jardin pour ranger les pioches et verrouiller le poulailler, il entendit pour la première fois des éclats de voix provenant de la chambre parentale. Après avoir rentré les paniers et la brouette, la fièvre de la curiosité l'empêchant de dormir, il colla son oreille contre le plancher de sa chambre aménagée dans le toit, afin de mieux entendre les chuchotements qui montaient du rez-de-chaussée :
    – Ce serait une folie et vous le savez bien.
    – Vous n'auriez pas dit ça il y a vingt ans.
    – D'accord, je ne suis plus le même. Où est le péché ?
    – Il porte un uniforme français !
    – Ils ont brûlé des villages pour moins que ça.
    – Il va crever, Hubert !
    – Eh bien, qu'il crève !

Un long silence s'écoula, entrecoupé par le remue-ménage habituel : des toux, des hoquets, des sifflements et la main fébrile du père fouillant dans la boîte à pharmacie pour retrouver ses cachets.

— Ce que je veux, c'est vivre sans les bombes, sans les Boches et surtout sans les nègres. Regardons les choses en face !
— C'est bien triste, ce qu'il y a en face.

Puis, après un temps de réflexion :

— Il n'a aucune chance, ce pauvre nègre. Le village, lui, en a encore une. Nous sommes en guerre, Yolande.
— Alors, c'est moi qui irai le chercher !
— Eh bien, allez-y !

D'autres bruits insolites, plus intenses, plus nerveux : l'Étienne entendit des pas crisser sur les graviers de la cour, le lourd portail métallique s'ouvrir et se refermer et la voix maladive de son père, vibrant dans la nuit :
— Juste des habits et des vivres alors, rien de plus ! Allez réveiller le gamin, dites-lui de prendre la torche. Dites-lui de prendre le fusil aussi. Tâchez de trouver mes bottes, mon bonnet et mon cache-nez !

Ils le retrouvèrent là où ils l'avaient laissé sous le buisson d'alisiers maintenant plus insolite, plus inquiétant, plus irréel sous la lumière hésitante de la torche. Cela se voyait qu'il n'avait pas bougé depuis tout à l'heure. Il était là inerte, malgré la violence de ses râles ; résolu et imperturbable comme tous ceux qui avaient décidé de s'en remettre au sort. Cela lui était devenu égal que ce fût la faim, le froid, les Allemands, les collabos ou simplement un paysan désireux de régler ses comptes à un sale nègre qui avait osé se traîner jusqu'à lui.

– Vous parlez français ? se hasarda l'Hubert tout en aidant le gamin à se décharger de la corbeille de victuailles.

La question resta sans réponse mais, curieusement, elle fit cesser les râles.

– Vous parlez français ?

La voix du père avait perdu sa conviction. Il savait que l'autre ne répondrait pas. Il avança d'un mètre ou deux, tandis que l'Étienne déballait la corbeille. L'homme ne bougea pas, cela les rassura. Ils ne pouvaient se l'expliquer mais ils savaient qu'il vivait encore. S'il était mort, ils l'auraient pressenti d'une manière ou d'une autre ; l'odeur de la terre, le bruissement du bois, le frisson de l'air, quelque chose de familier et d'insolite à la fois leur en aurait apporté la certitude.

L'Étienne tendit la miche de pain et pour la première fois leurs yeux se croisèrent, et pour la première fois ce visage sombre, ce regard clair, cette âme tranquille et entêtée, se logèrent d'un coup en lui, définitivement.

Le nègre mangea le fromage et le poulet, vida la bouteille de Contrexéville mais refusa obstinément la cochonnaille et le vin. L'Étienne faillit lui dire : « On ne fait pas le difficile dans l'état qui est le vôtre », mais il s'en dispensa. Il pensa que c'était à cause de la compassion que lui inspirait cette situation aussi désolante qu'inattendue, il comprendrait plus tard que

16

c'était parce qu'il venait de rencontrer l'homme le plus inoubliable de son existence.

Aussi se contenta-t-il de ranger la tranche de lard et le litron ; après quoi il lui tendit en silence le sac de couchage, la couette et le pull-over.

– Vous parlez français ?

Enfin l'homme ouvrit difficilement la bouche et parvint à articuler :

– À quelle distance sommes-nous de Chaumont ?

Hubert ne répondit pas. Son attention restait fixée sur les mots que venait de prononcer ce malheureux et le ton qui était le sien, un ton de gamin, de gamin précoce déjà habité par cette sérénité magnétique et impénétrable propre aux guerriers et aux fous. Cette voix à la sérénité imposante, bien que légèrement nasillarde, qui dorénavant hante notre terre depuis les collines bleues que vous apercevez là-bas jusqu'aux abords de la Marne.

Mais le nègre répéta sa question, à laquelle personne n'avait songé à répondre.

– Quoi, vous pensez atteindre Chaumont ? Quelle idée ! Estimez-vous heureux d'être arrivé vivant jusqu'ici. Le mieux, c'est que vous restiez jusqu'à la fin de la guerre.

L'homme se releva à ce moment-là, vacilla, faillit retomber sur la nuque, réussit à s'agripper à une branche et secoua sa capote lourde de pluie et de boue.

– J'aime mieux mourir là-bas que mourir ici.

Il hésita un peu et ajouta :

– Ici, ça manque de soleil.

– Vous voyez, Étienne, il délire !… Comme vous voulez, mais ne dites surtout pas que nous vous avons vu.

Il replaça son fusil sur l'épaule et fit un petit signe à son fils. Celui-ci sortit de ses poches une chandelle et une boîte d'allumettes.

– Vous aurez un repas tous les jours et une couverture de rechange par mois. C'est tout ce que nous pouvons faire. Le petit, il viendra vous les apporter.

– Je ferai semblant de chasser les écureuils, fit l'Étienne, pour détourner l'attention des Boches. Bonne nuit et surtout, ne vous inquiétez pas, il n'y a point de loup de ce côté-ci du bois.

– J'ai sans doute étranglé le dernier cette nuit, répondit l'autre, en orientant difficilement la chandelle vers sa main ensanglantée.

L'Étienne comprit qu'en amenant la popote le lendemain, il devrait aussi apporter un poignard. Un fusil aurait alerté les Allemands. Ce fut le début de cette surprenante télépathie qui les aura liés durant les trois ans qu'il vécut parmi nous, et qui, probablement, les lie encore aujourd'hui, l'un dans une tombe de Colmar et l'autre debout au milieu des autruches, là-bas, dans une steppe d'Australie.

Avant que cette folle de Bretonne ne vienne l'arracher à sa terre, l'Étienne me confiait qu'il lui arrivait de l'entendre certaines nuits d'orage, et que cela n'avait rien de surnaturel pour lui ; c'était simplement la voix d'un ami qui vient se rappeler au souvenir d'un autre ami. Il fut, c'est vrai, le premier homme avec lequel il tissa quelque chose d'essentiel, dans cette forêt inhospitalière truffée de loups et assiégée par les combats.

Le lendemain, ainsi que tous les suivants, ils passèrent de nombreuses heures ensemble à se regarder sans rien dire, grignotant des quignons de pain. Puisqu'il ne voulait pas de lard et que le fromage devait être économisé, son repas consistait essentiellement en pain agrémenté parfois d'une soupe aux choux ou d'une botte de radis. Par chance, l'Étienne connaissait le moindre lopin du Chenois ; il s'éloignait pour attraper une bécasse ou piéger un lièvre, puis il faisait du feu et grillait le produit de sa chasse, le laissant se régaler avant d'emporter le reste à la maison.

Un jour, ayant déposé le casse-croûte devant la hutte que le nègre s'était aménagée, il eut l'impression d'être suivi. Il regarda par-dessus son épaule, scruta à travers les fleurs sauvages et finit par distinguer une silhouette revêtue d'un imperméable gris. Tandis qu'il faisait signe à l'autre de se cacher, il reconnut la voix de sa mère :
– C'est moi, Étienne ! Dis-lui de ne pas s'inquiéter !

Elle s'approcha et passa la tête dans le trou béant qui tenait lieu de porte :
– J'ai trouvé quelque chose de mieux pour vous. Ce soir, Étienne viendra vous y conduire. Tenez, je vous ai apporté du fromage.

L'Étienne ne comprit pas tout de suite. Ses yeux ne s'ouvrirent, son esprit ne s'éclaircit que le soir, après le dîner, quand sa mère s'introduisit subrepticement dans sa chambre pour lui fourrer quelque chose entre les mains :

– Tiens, tu sais ce qui te reste à faire.

Les clés de l'école ! Voilà des années qu'elles restaient pendues près des poêles et des crémaillères où elles se ternissaient de fumée et de poussière sans que personne y trouve à redire. Et pour cause ! C'étaient les clés de l'appartement de fonction de sa mère, de madame la directrice, plus exactement.

Et le cœur du petit Étienne sombra dans un chagrin qui ne le quitterait plus jamais. Sa mère voulait qu'il aille chercher cet homme, un nègre, le seul du bourg et de ses environs, pour le conduire dans cet appartement exigu niché au-dessus des salles de classe, qu'elle n'avait jamais voulu occuper, à la fois parce qu'il était trop petit et parce qu'elle venait d'hériter de la maison familiale, à Petit-Bourg, à quelques vergers de là ; une vraie maison de campagne avec un toit de chaume, une cheminée et une pierre à eau. Elle voulait qu'il fasse cela à l'insu de son mari, des Boches et des mouchards !

Mon Dieu, se dit-il en sortant de la maison, c'est maintenant qu'elle va commencer, la guerre. Elle va éclater dans la cuisine avant d'atteindre le grenier.

Il passa par les sentiers boueux pour éviter les patrouilles et avala sans les sentir les quelques kilomètres qui menaient à la fameuse hutte, l'esprit entièrement tourné vers cet orage en train de noircir et de grossir au-dessus de son nid familial. L'orage allait fondre au

20

milieu d'un ciel paisible, celui de son enfance, plus rien ne pouvait l'empêcher.

Ses parents s'étaient connus juste après la Grande Guerre où tous les deux avaient offert leur courage et consumé leurs rêves de jeunesse. Elle venait d'ôter sa blouse d'ambulancière bénévole, il était sorti des tranchées, la vue abîmée et les poumons ravagés par les gaz. Il avait vingt ans de plus qu'elle. Malgré cela, ils s'étaient toujours entendus, sur la couleur des rideaux, sur les vertus de l'éducation comme sur les bienfaits de la laïcité, et voilà qu'un nègre sorti du néant venait ébranler ce ménage sans histoire solidement ancré dans les vieux principes des Vosges : la famille, le travail, la potaye et l'ennui.

Il pensait encore à cela lorsqu'il referma le verrou derrière le nègre, après plusieurs heures de marche, d'innombrables détours et de longues haltes sous le couvert des arbres pour calmer leur essoufflement, éviter les torches et les chiens des Allemands.

Il ôta ses sabots à cause des graviers de la cour mais ce fut un geste inutile. Son père l'attendait sur le perron de la maison.
– Où étiez-vous, Étienne ?
– Ben, je regardais les étoiles.
– Il n'y a pas d'étoiles, Étienne, ma foi, vous le voyez bien.
Puis il grommela quelque chose en refrénant la violence de sa toux, avant d'ajouter :
– J'espère que vous n'êtes pas en train de devenir fou, mon petit Étienne.

Je vous raconterai plus tard comment il est arrivé ici, comment très vite il devint un Romaincourtien, comment il faillit mourir à vélo, comment il conquit le cœur des jeunes filles alors que personne ne connaissait encore son nom. Rien n'avait d'importance à cette époque-là, encore moins le patronyme des étrangers de passage. On l'appelait « le nègre », quand il n'était pas là, et simplement « monsieur » quand on se trouvait en face de lui. C'était commode, c'était pratique, et cela nous arrangeait tous. Cela ne semblait pas le gêner. Un nègre parmi nous : on ne prenait même pas la peine de s'en étonner.

Les gens prêtaient attention à lui, non parce qu'il avait les cheveux crépus, non parce qu'il avait surgi d'une terrible nuit d'hiver, mais parce qu'il s'obstinait à garder sa chéchia, sa capote, ses banderoles de tirailleur, et peut-être aussi pour son regard impénétrable, ses longs silences dont aucune brûlure ne pouvait le sortir.

Par petites touches, sur des années et des années, à la manière d'une photo qui se révèle, il s'est dégagé de la gangue du mystère pour se manifester dans sa totalité. Ce n'est qu'aujourd'hui qu'il m'apparaît vraiment, soixante ans après sa mort. Je peux enfin fixer les détails de son physique et énumérer sans me tromper les traits de son caractère.

Moi aussi, comme l'Étienne, comme le maire, comme le curé, comme la toiture de l'église, comme les cheûlards de *Chez Marie*, je n'avais jamais vu un nègre et je l'ai d'abord vu de dos, Monsieur. De dos et au petit matin, au milieu de ce charivari qui nous fera comprendre plus tard qu'un dépôt de munitions venait d'exploser à Vittel.

La France avait cessé d'être une république pour devenir une petite chose quelconque et clandestine. Et comme tout le monde vivait camouflé, je pensais qu'il s'était déguisé lui aussi pour échapper au démon qui hantait les cités en feu et les chemins de l'exode. Soixante ans après, je frissonne de honte en me rappelant ce que j'avais dit à maman, le soir où, pour la première fois, il est venu à la maison : « Il y a un mois qu'il arpente nos rues. Il devrait enfin enlever son masque. » Maman avait fait semblant de m'allonger une torgnole, papa s'était contenté de rougir, et nonon Totor qui, même à la messe, ne manquait jamais de se fendre la gueule, faillit s'asphyxier avec sa goutte de mirabelle : « Hi, hi, petite idiote, ce n'est pas un masque, c'est avec cette tête-là qu'ils viennent au monde. Et encore, il a laissé ses balafres là-bas. La moitié du village se serait enfui sinon, hi, hi ! » Tout cela s'était passé alors qu'il était déjà reparti (vers chez mâmiche Léontine ou vers chez le colonel, peut-être), nous laissant dans la cuisine où il avait furtivement déposé son linge.

Mon Dieu, comment aurait-il réagi s'il avait entendu cela ; aurait-il crié, dégainé son revolver ou tout simplement parlé d'autre chose, comme il le ferait plus tard sur le perron de l'église alors qu'une énième fois, nonon Totor essayait de le dérider devant un groupe de badauds ? Je me demande encore aujourd'hui comment ces deux-là ont pu s'entendre jusqu'à former la paire la plus improbable jamais vue à Romaincourt : l'un, le musulman, le fier Africain plein d'élégance et de retenue, et l'autre, le bon Vosgien amoureux de cochonnaille, de gnole, de pêche à la ligne et de grasses plaisanteries.

Sans me vanter, de tous, je fus la plus proche de lui. Je lui grillais ses marrons, je lui préparais sa bouillotte, je lui lavais son linge sauf ses chaussettes, mais ça, c'est une autre histoire…

C'est l'Étienne qui l'a découvert, c'est la Pinéguette qui se prenait pour sa fille, mais c'est moi qui le connaissais le mieux. Tenez, le paquet posé là-bas, près de la radio, je l'ai préparé exprès pour vous. Vous l'emporterez lorsque sera venue l'heure de reprendre l'avion, et vous le présenterez fièrement devant la tribu pour leur faire savoir qu'il n'a pas été oublié. Et j'imagine que vous leur rappellerez au passage ce qu'avait dit le devin : « Ton fils est un brave, il ne sera pas oublié, Peul ! Chantons ! Chanter la bravoure des morts, c'est essuyer les larmes des vivants ! » Dans ce paquet, vous trouverez son uniforme, ses photos, les lettres, son Coran.

Quand les Boches lui tirèrent dessus et que tout le monde était occupé à voir comment les salauds s'amusaient à le traîner par terre, avant de le jeter dans la fourgonnette sans même lui poser un pansement, je m'étais glissée dans sa chambre pour emporter ses affaires. Je savais qu'ils seraient venus fouiller, et comme personne ne pouvait imaginer qu'une gamine de mon âge aurait cette idée-là, je les avais enterrées après les avoir ficelées dans du plastique jusqu'à la fin de la guerre.

Nous ne sommes pas tout de suite devenus des familiers, bien au contraire. Nos premiers contacts furent plutôt difficiles. Il était trop calme, trop imposant, trop sûr de lui, et moi, une teigneuse de petite gamine qui en dehors de papa et maman n'en référait qu'au bon Dieu.

J'avais dix-sept ans et l'on m'avait appris à me méfier de tout : des loups, des ours, encore plus des hommes, surtout des Rapenne et des nègres. Celui-là, pourtant, mes parents lui avaient ouvert leur porte sans réfléchir longtemps. Papa, qui parlait peu, le laissait écouter la radio en sirotant une aouatte de chicorée, et maman, qui s'y connaissait en cuisine, lui réservait ses meilleurs plats, entendez une soupe aux choux ou une bonne raclette les jours où il y avait du géromé.

Pour être honnête, il s'intéressait peu à moi, alors. C'est vers la fin de sa vie que nous nous sommes vraiment connus, un an avant qu'on ne le fusille, alors que je faisais moi-même de la résistance sans le savoir. Au début, il parlait plutôt à papa et à maman, ou bien il brodait avec mâmiche Léontine qui essayait sans grand succès d'en savoir davantage sur lui. Si quelque chose me concernait, il ne s'adressait jamais à moi directement, préférant se tourner vers mes parents, sur ce ton de grand frère africain qui me mettait en rage : « Monsieur Tergoresse, vous ne pensez pas que la Germaine, elle devrait attendre un peu avant de porter des boucles d'oreilles… À votre place, madame Tergoresse, c'est maintenant que je donnerais ma fille à marier. Elle risque de faire des bêtises, sinon, et cette idée de l'envoyer faire son bac à Nancy, ce n'est tout simplement pas la bonne. »

Mes parents n'écoutaient que lui et cela me faisait bondir. Comme s'il était un neveu, un oncle, voire le fondateur du clan. Il avait fini par devenir un Tergoresse, sans que je m'en rende compte. Un Tergoresse, lui ! C'était absurde.

Il n'aura passé que trois ans avec nous, seulement trois ans, mais maman déclarait qu'elle avait l'impression qu'il était là depuis toujours, à notre insu, un peu comme ces nuages qui se forment sous vos yeux alors que vous vous demandez d'où ils ont bien pu sortir.

Maintenant que la mémoire est close, maintenant que le destin s'est accompli, je crois qu'elle disait vrai. Cet homme était déjà là avant que je ne vienne au monde, confiné dans la lumière du soleil, dans la vibration de l'air, dans les bruissements de la nuit et puis, un beau jour, le déclic s'étant produit, il s'est réalisé sous nos yeux, s'est fondu dans nos vies et pour finir il est devenu une étoile qui luira à jamais dans le ciel de Romaincourt.

À présent, il se tient, quoi que je fasse, entier et irréfutable dans un coin de ma mémoire. Et cela me flatte de savoir que c'était lui, le bout d'homme que j'ai côtoyé à mes dix-sept ans, que j'ai maintes fois vu jouer aux dames, broder des arabesques ou avaler un frichti. Sa vie n'aura pas été ordinaire du tout ; quelque chose comme deux morts et trois enterrements. Et voilà que tout cela est devenu officiel, à cause de cette belle plaque qui brille là-bas sur les murs derrière lesquels il a vécu ; à cause de votre venue ici, des réceptions que l'on vous a offertes, chez nous et à Épinal, et des médailles que l'on vous a remises. Sachez seulement, Monsieur, que votre oncle n'est pas un héros, il est bien plus que cela. Les héros, on les trouve dans le granit et le bronze. Qu'ils coupent leurs rubans, qu'ils déploient leurs fanfares ! Pour nous, il sera d'abord l'ami ou le père que tout le monde ou presque aurait voulu avoir.

Cela, évidemment, la Pinéguette ne pouvait pas le comprendre. Ici, il n'y avait jamais eu de héros, on s'en passait plutôt bien, jusqu'à ce qu'elle vienne nous culpabiliser avec ses meetings épuisants et ses incompréhensibles slogans. On savait qu'il était mort pour nous, on le savait ! De là à lui donner une rue du village ! Non, non, ceux qui l'avaient connu se contentaient d'évoquer son allure militaire et ses succès auprès des femmes ou, comme ce brave Célestin, de coller sa photo au-dessus de leur oreiller, voire (avant que le diabète ne le cloue au lit) de marcher en silence jusqu'au mont de la Vierge, les anniversaires de sa mort. Une rue à sa mémoire, ça ne nous était jamais venu à l'esprit. D'ailleurs, nous ne savions même pas que les rues pouvaient s'appeler Pierre ou Jacques. Ici, les nôtres s'appellent rue de l'Église, rue de l'École, rue du Poirier-Blanc, enfin jusqu'à ce matin puisque dorénavant, le pâquis porte son nom à lui.

Mais avant d'en arriver là, ce fut d'abord cette étrange créature aperçue en train de crever sous les buissons d'alisiers.

Savez-vous, Monsieur, que des semaines après qu'on l'eut découvert, il n'avait toujours rien dit quant à son nom, ses origines, son matricule, pas un mot ?

J'ignorais qu'il avait effectué un périple de trois mois avant d'arriver à nous. Trois mois pour aller de Saint-André-les-Vosges à Romaincourt ! Je ne savais pas qu'il fallait tant de temps pour avaler cinq kilomètres. J'étais à un âge où l'on n'a pas besoin de savoir grand-chose. Tenez, par exemple, ce patelin de Saint-André-les-Vosges, je n'y avais jamais mis les pieds, me contentant de contempler depuis la crête de la Sapinière son silo et le clocher de son église.

Quant à l'Étienne, je l'avais peut-être aperçu une ou deux fois trottant parmi d'autres gamins qui passaient par là, pour aller vers le haut des collines, ramasser des châtaignes. Je ne le connaîtrai vraiment qu'à la Saint-Barthélemy des cochons. Mais depuis, il n'a jamais cessé de m'écrire, parfois plus de dix cartes postales par an. Mon fils n'aurait pas fait mieux si jamais j'avais eu un fils. C'est un pur pays, l'Étienne. Au Pérou ou au pôle Nord, son esprit restera toujours tourné vers ici, le froid polaire d'ici, le vent hululant d'ici, les hêtres échevelés d'ici, le peuple silencieux et ombrageux d'ici. Ce pays qui l'a vu naître, il le connaît sur le bout des doigts ; un filin invisible le rattache à chacune de ses pierres, à chacune de ses églises, à chacune de ses rues.

Il n'a jamais eu d'histoires avec personne, l'Étienne, même avec les cheûlards de *Chez Marie*, même avec le curé qui soupçonnait en chaque être humain un incurable païen, même avec les Rapenne (pas même avec Cyprien malgré le… mais ça c'est de l'histoire ancienne que je ne devrais pas vous raconter d'ailleurs que je ne vous raconterai sûrement pas).

Sachez seulement que le temps n'a rien pu, l'Étienne est resté lié à tout le monde, et tout le monde est resté lié à lui, les vivants comme les morts ; surtout les morts. Il me demande à chaque Toussaint de refleurir les tombes et je sens à la façon dont le vent souffle après qu'ils sont bien contents, les morts, que ce soit un geste venant de lui. À moi aussi, il est resté attaché, il m'envoie de la laine, des statuettes de bois en plus des cartes postales. Le didjeridoo qui se trouve là-bas accroché au mur du couloir vient de lui aussi. Il y a bien longtemps, c'était tout autre chose qu'il m'offrait mais ça ne vaut plus la peine d'en parler, à quoi bon déterrer ce que les années ont enfoui. Il ne revient pas bien souvent, mais les rares fois où il vient, chacun parle à l'autre alors que personne ne parle à personne depuis soixante ans. On boit la goutte en dévorant du fuseau. Parfois on débouche le champagne et c'est comme si c'était la fête. Tout le monde a plaisir à le revoir l'Étienne.

On ne peut pas en dire de même pour la Pinéguette. La Pinéguette aussi est partie mais pour ce voyage dont on ne revient pas, Monsieur. Ah, celle-là, inutile de prononcer son nom, dites seulement la Pinéguette et tout le pays crachera par terre avant de vous tourner le dos. Mais c'est mal de parler ainsi des morts. Mâmiche Léontine m'aurait sûrement grondée en entendant cela. Oh doux Jésus, accepte ce signe de croix, et pardonne à cette pauvre âme même si elle n'a jamais rien pardonné à personne !

J'imagine que cela ne vous dit pas grand-chose, la Saint-Barthélemy des cochons. Habituellement, nous fêtons plutôt la Saint-Nicolas, le patron des Vosges. Mais cette année-là, il fut secrètement décidé de tuer le maximum de cochons pour éviter qu'ils tombent dans la casserole des Allemands. Les communes voisines s'étaient jointes à nous pour manger du boudin et chanter clandestinement *La Marseillaise.* Une soirée merveilleuse, Monsieur ! Tergoresse et Rapenne s'étaient parlé ce soir-là comme ils ne l'avaient pas fait depuis des décennies. Je me souviens qu'il neigeait et que l'Étienne, il était là avec sa mère. Alors votre oncle avait pris nos mains pour nous jouer sa comédie de grand frère : « Venez là tous les deux, jeunes gens ! Ma parole, vous êtes faits pour vous entendre. Quand vous aurez fini de grandir, Germaine, c'est lui que je vous offrirai comme fiancé. »

Il savait ce qu'il disait : de tout le village, il était le seul qui tenait encore sur ses pattes, sa haine de l'alcool n'ayant d'égal que celle qu'il nourrissait pour les Allemands. Moi, quelques verres de mirabelle avaient suffi à m'émoustiller, je me souviens néanmoins des mots que je lui avais lancés : « Un fiancé ? Mais mon beau tirailleur, c'est moi qui vous en aurais offert une si vous n'en aviez déjà trop », et je l'entraînais immé-diatement dans le cercle de danse pour l'empêcher de m'engueuler en explosant de colère. « Je vous redres-serai, Germaine, je vous redresserai, soyez-en sûre. » Je le serrai très fort contre ma poitrine et me mis à rire de ce rire de gamine dévergondée qui le mettait hors de lui. Nos relations étaient empreintes de distance, de respect, ponctuées de taquineries polissonnes – et c'est moi qui les avais voulues ainsi.

Cela m'agaçait de voir cet étranger venu des colonies imposer si facilement son autorité. Mes parents, le maire, le colonel, tous à genoux devant ce petit bout d'homme à la voix douce mais qui n'avait même pas besoin de lever le petit doigt pour se faire obéir. Tous, sauf le curé ! Le curé se sera toujours méfié de lui parce qu'il était noir, parce qu'il ne faisait pas comme tout le monde. Parce que musulman, il ne mangeait pas le cochon ni ne buvait la gnole, parce qu'il fouinait partout, se mêlait de tout, en ces temps incertains où un simple éternuement aurait suffi à faire chavirer le monde. Parce qu'il avait mille autres raisons, le curé, de l'éviter, de lui montrer qu'il n'avait pas besoin de lui.

Une situation qui l'amusait drôlement. Quand ils se rencontraient, il se mettait au garde-à-vous :

– Bonjour, monsieur le curé !

– Bonjour, monsieur le Noir !

Puis, satisfait de son numéro, il regardait l'homme en soutane s'éloigner en maugréant pour calmer sa mauvaise humeur :

– Je sais que vous vous moquez de moi. Mais vous verrez, la prochaine fois, je ne répondrai pas… Mais pourquoi doux Jésus, n'as-tu pas créé deux pâquis bien distincts pour traverser ce maudit village ?

J'étais la seule à oser lui résister, et je n'en suis pas peu fière. Ce fut tout de suite la « bagarre », dès le premier jour, dès qu'il entra dans cette maison, prendre son premier repas.

– Vous laverez mes chaussettes ! me dit-il après s'être rincé la bouche.

Car c'était sa manie à lui de se rincer la bouche dès qu'il avait fini d'avaler quelque chose.

– Jamais ! Jamais je ne vous laverai vos chaussettes, plutôt crever !

Papa était plié en deux tandis que maman, outrée par les paroles qu'elle venait d'entendre, laissait échapper un verre ou une tasse de ses mains, honteuse que sa fille osât s'adresser ainsi à monsieur le tirailleur.

« Je vous redresserai votre fille, ma parole, je vous la redresserai, monsieur Tergoresse ! disait-il en prenant la porte. » Il crachait furieusement et sautait sur son vélo et l'écho de sa voix emplissait l'espace du village tandis que sa ferraille grinçait comme une carriole déglinguée sur la folle descente du pâquis.

« Je la redresserai, monsieur Tergoresse ! »

C'est bien celle-là, l'image que je garderai de lui, celle d'un petit bonhomme en tenue de tirailleur à califourchon sur sa bécane et dévalant les pentes des Vosges comme s'il allait à la guerre. Seulement, on ne dévale pas impunément les pentes des Vosges à la vitesse des léopards, et sur un vélo d'avant l'autre guerre.

– Vous vous casserez la gueule un de ces jours, c'est moi qui vous le dis.

– Occupez-vous de vos affaires, Germaine ! répondait-il.

– Je vous aurai prévenu.

Ce qui devait arriver arriva un matin de novembre, alors qu'il s'apprêtait à boucler sa première année à Romaincourt. Il apporta son linge, mangea sa quiche et sauta sur ce qu'il appelait avec une malice de gamin son « cheval ». Je me dressai sur le perron pour le regarder crâner. Et soudain, je vis la scène maintes et maintes fois jouée dans ma tête se dérouler pour de vrai. La machine glissa sur une plaque de verglas, cogna le muret de la buanderie, se plia en huit du côté de la citerne tandis qu'il continuait sa glissade vers le monument aux morts.

– Et voilà, fis-je en me tordant de rire. Je vous l'avais bien dit, oh oui, je vous l'avais bien dit.

Maman sortit du jardin en courant, elle me donna au passage la seule paire de claques de sa vie avant de rejoindre l'attroupement qui s'était rapidement formé autour de lui :

– Tais-toi, idiote, mais tais-toi donc !

Et mâmiche Léontine bondit de sa maison en laissant choir son panier de pommes de terre :

– Oye, oye ! Môn ! Il s'est chié, le sergent, oye, quelle *chale avvaire* !

Le maire s'éloigna en courant du corps allongé sur la neige, s'engouffra un instant chez lui pour ressortir avec un brancard et ce fut la honte de ma vie. Romaincourt en larmes porta son corps ensanglanté jusqu'au perron où nous nous trouvons. On nettoya ses plaies avec le tuyau du jardin avant de l'étaler dans le salon pour le panser au Mercurochrome.

– Ce serait sûrement un comble que quelqu'un qui a survécu à la bataille de la Meuse succombe d'une chute de vélo dans une rue de Romaincourt ! se bidonna mon oncle Totor, qui n'aura jamais rien compris à la gravité de l'existence.

– Tais-toi, fumiste, sinon je t'allonge une beigne ! lui cria le maire en découpant des compresses.

– Voilà ce que c'est que de se nommer Tergoresse, avança le Cyprien Rapenne qui ne ratait jamais une occasion pour rallumer la guerre.

33

– Mais dites donc, si on ne peut même plus se marrer !

– Taisez-vous tant que vous êtes, et courez à Lamarche appeler les pompiers ! gronda ma tante Marie.

Alors qu'on le croyait mort ou évanoui, il remua dans le brancard et fit d'un signe du doigt que non. Le maire se tourna vers son épouse :

– Mais, comprends donc qu'il a raison, Marie, ma chérie. Les pompiers, cela voudra dire l'hôpital d'Épinal, les enquêtes, les Boches et tout le tralala. Ça doit rester entre nous, ça. Il s'en remettra vite, vous verrez, ils sont costauds ces nègres, même quand ils ne le sont pas.

On lui aménagea une chambre chez nous et il me revint de m'occuper de lui le temps que sa cuisse se referme. Je lui servais une camomille et lui lisais *Notre jeunesse* de Péguy et « La Mort du loup » de Vigny, les seuls textes auxquels il accordait une certaine importance parce que les seuls qui comptaient aux yeux de celle qui, entre-temps, était devenue sa « mère » : Yolande Valdenaire qui renoua avec lui sitôt que le bruit de sa présence ici commença à courir.

– Voulez-vous que je vous lave vos chaussettes ?

– C'est bien trop tard, ma petite Germaine, bien trop tard.

– Cela ne me gêne pas, je vous assure.

– Alors, il fallait vous décider avant.

Il voyait bien mon manège avec sa ruse d'Africain et son orgueil de militaire. Pensez-vous qu'il allait m'aider à expier ? Pour lui, une faute est une faute ; je m'étais moquée de lui alors qu'il frôlait la mort, je devais le payer pour la vie. Il ne fut jamais plus question de chaussettes entre nous après cela. Et pourtant, depuis ce jour, c'est moi qui les lui ai lavées, et non plus maman, mais il n'en a jamais rien su.

Cet accident fit date. On disait « l'année de l'accident » comme on disait « l'année de la Saint-Barthélemy des cochons ». Dorénavant, pour lui comme pour le village, il y eut une vie qui l'avait précédé et une autre après. C'était notre repère, notre année zéro à nous.

Ce qu'il fit et ce qu'il fut auparavant, je veux dire avant d'arriver chez nous, reste encore du domaine de la légende, truffé d'invraisemblances, parsemé de chemins tordus et de zones d'ombres. Mais le témoignage de l'Étienne vient fixer les choses, les éclairer un peu, leur donner un semblant de cohérence.

On sait que c'est à l'orée du bois de Chenois qu'il apparut pour la première fois, blessé et affamé, plus proche de la bête traquée que de la créature humaine. Que malgré les fortes réticences de son mari, Yolande avait réussi à le planquer à Saint-André-les-Vosges. Où ? Dans une chambre attenant à une salle de classe, à l'école publique, au beau milieu du village ! Je l'imagine là-dedans, recroquevillé sur lui pour ne pas mourir de froid, guettant tous les jours sa gamelle de soupe, tenu de rester immobile sans tousser, sans éternuer, sans marteler le plancher ni faire bouger le lit picot.

Et voilà qu'en novembre intervint cette histoire de ravitaillement survenue à la Rouille, où des fermiers à la tête fêlée avaient osé protester contre les mesures excessives de la Feldkommandantur. Les Boches, par centaines, se répandirent dans le terroir avec leurs chiens et leurs chars. Devinez où ils s'installèrent ? À Saint-André-les-Vosges ! Près de la fontaine, Monsieur ! À deux cents mètres de l'école et juste à l'angle qui bouche la route menant à Petit-Bourg. Cela dura cinq jours, Monsieur. En cinq jours, on peut survivre à la faim, pas à la soif sauf si on est un dromadaire. Cela, il le savait puisqu'il avait erré des semaines et des semaines dans toutes les forêts vosgiennes avant que les Valdenaire ne le découvrent à demi-mourant dans un trou à sangliers.

Une nuit, n'en pouvant plus, il se glissa hors de la chambre, descendit l'escalier à pas feutrés, sauta par-dessus le grillage et retomba comme un chat sur le rebord de la rue. Un chien aboya. La lumière d'un projecteur balaya d'un tour complet les abords de la fontaine. Des voix nerveuses et sourdes déchirèrent la nuit dans un allemand sépulcral.

Il crut qu'ils étaient venus pour lui. Du cagibi où on l'avait logé, il ne pouvait rien deviner de ce qui se passait dehors. Ni la révolte des paysans ni cette présence inexpliquée de chars et de chiens. Plaqué au sol, il réussit à se glisser jusqu'au niveau d'un sureau dont les racines exhalaient une forte odeur de pisse, surplombant le grillage où il se cacha. Mais il savait que les chiens, qui l'avaient déjà senti, se préparaient à bondir. Cette fois, pensa-t-il, je ne pourrai pas les éviter. De deux choses, l'une : ou ils me fusillent tout de suite et ce sera la fin du calvaire, ou ils me font prisonnier et alors, une seconde fois, je tenterai de m'évader. Absorbé par cette réflexion, il ne vit pas arriver les deux Boches tenant en laisse deux chiens presque aussi hauts que lui.

– *Ein Neger ! Ein Neger !*

Il se retrouva suspendu en l'air, chacune de ses deux oreilles tenue par une main colossale et impitoyable.

– *Scheisse Neger, komm hier !* Nègre de merde, viens ici !

– Donnez-moi d'abord à boire !

Vingt pas suffirent à ses anges gardiens pour déposer leur colis au pied des tanks rassemblés autour de la fontaine où ils le rouèrent de coups, tandis que les chiens se ruaient sur lui le souffle court et tous crocs dehors. Son ventre vide se mit à gargouiller, sa bouche prit un goût de sang tandis que des sensations acides parcouraient son œsophage. Il sombra dans le coma puis de nouveau il sentit l'odeur de la boue, la fraîcheur de l'air, les voix bestiales de ses geôliers allemands. Il comprit que l'on discutait de son sort et cela le remplit d'espoir. S'il y a une chose qui compte dans ces moments-là, c'est le temps. Chaque fraction de seconde multiplie par dix les chances de survivre ou de vaincre. Cette fraction-là, celui qui la gagne, c'est celui qui gagnera la guerre.

Il se retrouva plus tard sur une paillasse, probablement dans une prison, probablement près d'une gare puisqu'il entendait des cris de cheminots et des bruits de locomotives et de wagons. Allait-on le transférer ? le torturer ici avant de le fusiller ? le faire passer sous une locomotive ? Voilà le genre d'idées qui trottaient dans sa tête, y semant une douleur plus intense que celle qui brûlait ses phalanges et ses lèvres. Il essaya d'évaluer le temps qui s'était écoulé depuis qu'il avait sauté le grillage de l'école, mais son esprit se brouilla et, de nouveau, il sombra dans le coma.

Quand il reprit connaissance, des bruits de clés se faisaient entendre à travers la porte. Il s'appuya péniblement sur un coude, prêt à réitérer sa demande :

– Un peu d'eau, s'il vous plaît !

Mais l'homme s'adressa à lui dans un français sans faute :

– Tiens, en voilà.

Il lui tendit un gobelet ébréché et un petit morceau de pain noir, referma la porte et s'y adossa paresseusement.

– Tu en as de la chance, mon petit nègre, et si je te dis ça, c'est parce que tu l'as échappé belle hier. Seulement, cela ne veut pas dire que tu y échapperas aujourd'hui.

L'homme ôta un instant son képi pour se gratter la tête.

– Vois-tu, mon pauvre Sénégalais, si je te dis que tu as de la chance, c'est parce que le hasard t'a fait tomber sur la Feldkommandantur. De l'autre côté, à trois cents mètres de l'arbre où ils t'ont trouvé, c'est la Gestapo qui t'aurait cueilli. La Feldkommandantur, quand ils tombent sur des gars comme toi et qu'ils savent pas trop quoi en faire, c'est à nous qu'ils les confient. Alors que la Gestapo…

– Vous voulez dire que la gendarmerie française emprisonne des soldats français pour le compte des Allemands ?

– Ne me fais pas regretter de t'avoir offert à manger et à boire !

– Que comptez-vous faire de moi ?

– Rien. J'ai ordre de te déposer à Épinal et ce sera à eux de décider. Peut-être ce sera le poteau, peut-être la 2e compagnie du bataillon de butin de guerre.

– C'est quoi, ce machin ?

— C'est un truc qu'ils viennent de créer pour s'occuper du butin de guerre. Les nègres, les Malgaches et les Indochinois y sont les plus nombreux.

— Et qu'est-ce qu'on y fait dans ce bidule ? Ramasser, trier et entretenir les armes qu'ils nous ont saisies ?

— C'est bien ça. Et ne me répète pas que c'est navrant, humiliant ou je ne sais quoi d'autre. Pour moi, c'est simplement ce qui est : la si-tu-a-tion ! Que personne ne vienne pleurer dans mes basques. Je garde des soldats français pour le compte des Allemands et alors ? La France n'avait qu'à gagner la guerre ou aller se faire foutre !

Il referma violemment la porte et bondit hors de la pièce en vissant son képi sur sa tête.

Mais il revint quelques heures plus tard alors que la nuit automnale commençait à tomber. Il avait apporté un tabouret qu'il planta dans un coin de la pièce. Il sortit un paquet de Gitanes avant de s'asseoir.

— Tu fumes ?

— Non !

— Eh bien, tant pis ! Je ne peux plus rien pour toi. Du pain et de l'eau, tu n'en auras pas avant demain si jamais ils te laissent vivre jusque-là.

Il alluma sa cigarette et envoya de jolis cercles de fumée vers le plafond.

— À l'école de gendarmerie, il y avait un copain qui le faisait si bien qu'on aurait dit du jambon en rondelles… Tu sais pas le faire, toi… Évidemment puisque tu ne fumes pas… Quelle colonie ?

— Guinée ! Guinée française !

— Tu sais pourquoi je ne demande pas ton nom ? Parce que là-bas, vous avez tous les mêmes noms, et diablement imprononçables avec ça.

Il leva la tête et ferma longuement les yeux.

– Je peux te faire confiance ?…

– Au point où j'en suis, je me demande bien à quoi cela servirait.

– Ce sera ce soir. Il n'y aura pas que toi. Des Juifs, des communistes, des paysans et même des déserteurs allemands. Le camion bouge d'ici à 20 h 06 et il doit être à la caserne d'Épinal à 21 h 37 très exactement. Tu penses ! C'est pourquoi ils nous ont vaincus, les Allemands, ils ont un sacro-saint respect de la hiérarchie et du temps… Maintenant, écoute-moi ! À 20 h 22, nous serons devant le passage à niveau. C'est l'heure du Nancy-Langres. Les barrières resteront fermées en tout trois minutes et la forêt est à moins de cinq cents mètres… Voilà, à toi de décider ! Nous tirerons à balles réelles puisque nous ne pourrons pas ne pas tirer. L'observatoire allemand se trouve sur le mont des Fourches, juste au-dessus des rails. Et le mont des Fourches, mon ami ça voit plus clair et plus net que les yeux d'un bijoutier. Trois minutes, pas une de plus !

– Trois minutes, c'est presque une éternité en des temps comme ceux-là.

– Je ne te souhaite pas bonne chance !

– Je n'en demande pas tant… Brigadier comment ?

– Thouvenet, Julien Thouvenet !

– Je retiendrai ce nom même quand ils m'auront logé du plomb dans le ventre.

Ils furent sept, en tout, à tenter le plongeon. Quatre furent abattus. Trois gagnèrent la forêt. Malgré cela, trois jours après, il ne s'estimait toujours pas hors de danger. Il ne connaissait toujours rien de ce pays, rien de ses ballons, rien de ses légendes, rien de ses secrets de famille, mais il avait appris à user de ses baies, de ses bulbes sauvages, des eaux acidulées de ses étangs et de ses mares. Il s'était habitué à son air glacial et tranchant qui vous déchiquetait les poumons à la moindre bouffée. Il s'était habitué à la folle odeur de ses bois, à la lourdeur de ses nuits saturées de vent et de cris de loups.

C'était simple : il fallait se terrer le jour, ne se déplacer qu'après le crépuscule, s'efforcer de dormir malgré la brutalité du froid, soigner ses blessures avec ce que l'on pouvait, de la boue noire, de la glaire d'escargot, de la résine de fougère. Une boussole n'aurait servi à rien. Au sud ou à l'est, il se serait frotté aux mêmes inévitables dangers : la famine, la solitude, le froid, et le risque, à chaque instant, d'être abattu ou dénoncé. Combien de temps erra-t-il ainsi, titubant, à demi-courbé, les jambes en feu, le visage labouré par les fanes des oignons sauvages et des porreaux, avant d'échouer dans cette cabane du côté de Romain-aux-Bois que je vous ai montrée hier et où se trouvent encore son chaudron et sa hachette ? Des semaines sans doute, à frôler les bêtes, à buter contre les grillages et les portes closes, les visages méfiants ou hostiles des braconniers et des chercheurs de miel !

C'était un refuge de chasse, où le garde-forestier avait coutume de laisser son matériel. Par chance, il y avait un poêle, et sur la grossière étagère de bois, un sac de charbon à côté de la casserole et du fourneau. Mais comme il n'avait pas de feu, comme il n'avait plus ni froid, ni chaud, ni faim, qu'il était simplement abruti et que, de toute évidence, la vie semblait sortir de lui…

Il se laissa tomber dans un coin de la pièce, se laissa gagner par la vague lente et bienfaitrice du coma. C'est seulement le lendemain qu'il remarqua la présence d'un petit lit de fer, dans l'angle opposé de la pièce, avec un matelas, un oreiller, et même une couette de montagnard en assez bon état. Car le lendemain il se retrouva, certes, affamé et claudiquant, mais avec une furieuse envie de se tenir debout, de se battre, de vaincre ou de mourir, et même avec une petite lueur de joie se rallumant dans son cœur.

Il se saisit d'un couteau et se traîna vers le village le plus proche, guidé par l'odeur de pain et le bruit des chiens. Il se tapit derrière la première maison qui s'offrit à lui et observa. Rien, il ne se passait rien. Peut-être étaient-ils tous morts ou partis en déportation mais il y avait le bruit des chiens et l'odeur affolante du pain. Il s'avança dans la rue principale, sautant de derrière cet arbre-ci à ce pan de mur-là, comme on le lui avait appris à l'armée.

Des bruits. Une porte qui grince. Des rires qui éclatent.

Une silhouette sortit, pissa à grand bruit sur les gardénias bordant le trottoir et tituba à l'autre bout de la rue en chantant d'une voix cassée une vieille chanson paillarde. Il la laissa disparaître au loin avant de s'approcher. Il colla son nez contre la vitre : c'était un bar-boulangerie, mobilier misérable et comptoir en bois. Il y avait là une dizaine de clients, dont un vieillard portant casquette et barbe blanche, qui sirotaient dans un silence attristant la goutte que leur servait une jeune femme aux traits déjà durcis par les travaux des champs. Nul ne faisait attention à lui et aucun ne semblait armé.

Il posa la main sur sa poche droite où se trouvait le couteau et poussa d'un coup de coude la lourde porte de chêne. Ils se contentèrent de tourner la tête vers lui sans bouger, sans un signe de frayeur ou de surprise. Cette scène insolite où le monde semblait avoir été figé se prolongea une ou deux minutes, puis la jeune femme, du haut de ses galoches, se dirigea vers lui en se trémoussant dans sa vieille robe grise.

— Tiens, un Noir !… Allez, venez, ne restez pas là, gronda-t-elle.

Elle referma la porte pour faire barrage au vent et aux flocons de neige qui arrivaient en tourbillons, s'écrasant sur les visages immobiles et fatigués, sur les rebords du comptoir. Elle lui prit doucement la main et le tira vers la table la plus proche du poêle.

— Asseyez-vous là, je sais ce qu'il vous faut.

Le vieillard à la casquette fit une mine de dégoût, cracha par terre, et sortit une pièce de monnaie qu'il jeta sur la patronne, claquant la porte sans dire adieu. Deux ou trois autres le suivirent.

– Ne faites pas attention. Ici, les hommes, les vrais, sont morts ou partis en déportation, il ne reste plus que les culs-de-jatte et les lâches. Tenez (elle posa devant lui un grand bol fumant), c'est de la soupe de lentilles avec plein de couenne et de lardons.

Cette fois, il n'eut pas la force de jouer au puriste. Il vida le bol sous les yeux apitoyés de la patronne, se disant qu'Allah lui trouverait des circonstances atténuantes pour ces quelques morceaux de porc avalés. Après cela, il eut droit à un bol de chicorée et à un morceau de fromage, puis à deux pommes et à une grappe de groseilles. Il se rinça la bouche, alla cracher dehors et dit :

– Maintenant, je dois partir.

– Oui, c'est mieux pour vous, c'est mieux pour nous aussi.

Elle lui tendit une miche de pain noir avant de poursuivre :

– Allez, sortez par la porte de derrière.

– Donnez-moi un peu de braise, cinq ou six dans un pot de terre.

– Sous cette neige ?

Elle disparut un instant dans la cuisine et revint avec un morceau de phosphore et des allumettes.

– Mais où pourrez-vous bien les mettre, mouillé comme vous êtes ?

Elle retourna aux cuisines pour rapporter une boîte à bonbons.

– Allez, maintenant filez et faites attention à vous !

Il retrouva la cabane de bois et se dépêcha d'allumer le poêle. Pour la première fois depuis la guerre, il disposait d'un vrai domicile, un endroit pour lui tout seul, enfin, sans compter les rats, les puces et les cerfs égarés qui, la nuit, se ruaient contre la porte.

Un chaudron traînait sous le petit lit de fer et outre un fusil et des cartouches, la caisse du gardien contenait aussi tout ce qu'il fallait pour pêcher, et piéger le gibier.

Seulement, à quoi pouvait bien servir un fusil de chasse à cette époque-là ? Les Allemands, qui les avaient d'ailleurs tous confisqués, étaient attentifs au moindre tir, de même que leurs subordonnés français soucieux avant tout d'éviter les histoires. Et comme il ne savait ni pêcher ni piéger le gibier…

Ce qui avait changé, c'était le chauffage, sinon son sort restait le même. Il trompait son ventre comme il pouvait : des baies, des poireaux bouillis… Quand la faim devenait insupportable, il s'aventurait aux abords du village pour cueillir des pommes ou déterrer quelques bottes de carottes.

Cela dura une semaine ou deux, puis il entendit quelqu'un frapper à la porte. Il regarda à travers le chambranle et reconnut la femme du bar. Il ouvrit et constata qu'elle n'était pas seule. Un garçon de huit ans environ se tenait près d'elle, tremblant comme une feuille, sûrement son fils.

– Heu… Nous ne voulons pas vous déranger.

– Entrez, madame, il fait bien plus chaud dedans…
Grâce à vous…

– Appelez-moi Huguette… Voici mon fils, Célestin !
Tenez, voici des provisions, cela vous aidera à tenir
quelques jours.

Elle fit des yeux le tour de la cabane, fit la moue
vers la porte bloquée par la neige :

– Vous n'allez pas rester ici ?

– Où voulez-vous bien que j'aille ?

– C'est vrai !

Il fouilla dans le caban et sortit du pain, du fromage,
des marrons, du jambon, du hareng fumé puis son
visage s'illumina.

– Oh, du chocolat ! Je n'en avais pas eu depuis mon
départ de Langeais.

– Langeais ?

– Vous connaissez ?

– J'en ai juste entendu parler. Ma mère est née à
Vendôme. Que faisiez-vous à Langeais ?

– Rien ! Je me suis juste permis d'y grandir.

– Ça alors, vous avez grandi à Langeais ?

Elle murmura quelque chose à son fils et fouilla
dans la poche de son manteau qu'elle n'avait pas ôté,
en dépit de la chaleur du poêle.

– Je vous ai aussi apporté des cigarettes mais je
suppose que vous ne fumez pas ?

– Parce que vous fumez, vous ?

– Non ! Elles ne sont pas de moi en vérité, elles
sont de mon mari.

– Et où est-il, votre mari ?

Elle se contenta de regarder sa montre.

– Il est l'heure de partir. Si nous trouvons quelque chose, Célestin vous le portera. Ce n'est pas facile, croyez-moi. Les Allemands prennent huit œufs pondus sur dix. Il en est de même pour le lait, le bois, le blé, le cochon ou le bœuf. Ils se servent d'abord et laissent les miettes aux Français. Comment voulez-vous que le paysan pense aux autres s'il n'a pas lui-même à manger ?

– Mais votre mari ?

– Nous aurons peut-être l'occasion d'en parler. Je reviendrai. Mieux vaut que ce soit moi qui revienne. Là-bas, ça commence à jaser.

– Je vous reverrai avec plaisir.

– Si toutefois vous n'êtes pas parti entre-temps.

– Mais où, bon Dieu ?

– La Suisse est tout près d'ici. De là-bas, vous pourriez gagner la zone libre et ensuite l'Afrique. Vous y seriez plus au chaud. (De nouveau, elle fit la moue en direction du dehors.) Ici ce n'est fait pour personne, même pas pour les bêtes à cornes.

– À quelle distance sommes-nous de Chaumont ?

– Chaumont ? Quelle drôle d'idée !

La semaine suivante, le Célestin apporta du lait puis des œufs puis du pain et de la confiture de groseilles. Il arrivait, cognait bruyamment ses sabots contre le tas de bois adossé au mur puis il frappait, entrait quelques instants pour déposer les provisions et se chauffer les mains. Enfin, les yeux hors des orbites à cause d'on ne sait quelle peur, il sortait sans dire au revoir et courait à toute vitesse en poussant des sanglots. Il ne disait jamais rien ni sur lui ni sur le temps qu'il faisait ni même sur sa mère.

La mère ! Elle avait promis de revenir mais elle n'était pas revenue. Dans cette cabane de bois où la vie avait presque repris son cours normal, avec des matins et des soirs, du chauffage presque parfait et de la nourriture une à deux fois par jour, des envies de luxe commencèrent à lui monter à la tête. Il se rappela qu'il y avait exactement un an et deux mois qu'il n'avait pas touché à une femme. Une fulgurante nostalgie le saisit en pensant à cette mère qui ne venait pas.

Il fut surpris, quelques jours plus tard, de la voir debout devant la porte en lieu et place de son poltron de fils et une envie bestiale se saisit de lui.

— Vous ? fit-il en ravalant difficilement sa salive.

— J'ai juste quelques navets et un peu de chou. C'est devenu intenable, in-te-na-ble !

— Je croyais ne plus vous revoir !

— Le bar, le môme, la cuisine, le ménage ! Et puis, ça jase par ici, vous savez !

Il la saisit par le bras et la plaqua violemment contre le lit.

— Aïe, vous me faites mal !

— Parlez-moi de votre mari !

— Mais pourquoi donc ?

— Vous me l'avez promis !

Elle réussit à se dégager et courut s'asseoir près du poêle.

— Alors, où est-il ?

— Il est parti.

— Avec quelqu'une d'autre ?

— Oh, ç'aurait été tellement mieux !

Il alla vers elle pour arrêter ses pleurs et l'entraîna vers le lit avec plus de douceur cette fois. Alors, elle surmonta deux ou trois saccades de sanglots, se blottit contre lui et raconta.

C'était un mardi, au mois de juin dernier juste après l'Armistice. Firmin se trouvait au comptoir et elle, dans la cuisine, apprêtait le dîner. Il était près de vingt-deux heures. Il y avait longtemps qu'ils auraient dû fermer mais Firmin avait retenu une bande de copains pour boire la goutte et s'adonner à son exercice favori, cracher sur les Boches. On dirait que ce soir-là, tout avait été concocté pour une belle tragédie. Il était soûl, le Firmin, plus soûl que d'habitude, les copains tout autant que lui. Ils chantaient des chansons à boire et rivalisaient de blagues sinistres sur les Boches :
– Vous savez comment ils s'accouplent, les Allemands ? Eh bien, ils...

Et voilà qu'au moment même où il allait terminer sa phrase, un peloton de la Gestapo au pas, passa devant le bar en direction de Roncourt.
– Tiens, les chiens, ils répondent quand on les appelle ! Les voilà, les salauds !

Il sortit un drapeau français, et il se mit à hurler *La Marseillaise*. Seulement, il fut le seul à oser. Ce qui fait qu'il fut le seul à se faire embarquer. On le tortura à Épinal avant de le jeter dans le premier train pour l'Allemagne.
– Depuis, aucune nouvelle, monsieur, fit-elle en reprenant ses sanglots. Certains disent qu'il est au camp de Sonnenburg, d'autres, à celui de Sachsenhausen. Chanter *La Marseillaise* devant ces salauds, il ne pouvait pas rater ça, Firmin. C'était un anarchiste, vous comprenez ?

Il essuya ses joues et doucement posa ses lèvres sur les siennes. Elle resta sans bouger, sans le repousser, sans non plus répondre à ses avances. Il pressa sa poitrine et releva sa jupe.

– Vous savez depuis quand je n'ai pas connu de femme, Huguette ?… Depuis la guerre.

– Cela fait plus d'un an ! répondit-elle d'une voix simplement étonnée ; pas du tout craintive, pas du tout outrée.

– Vous trouvez ça normal, Huguette ?

– Ah, non !

– J'ai envie de vous, Huguette, et je n'ai pas honte de vous le dire ! Cela vous choque, hein, Huguette ?

– Non, non, pleurnicha-t-elle. Seulement…

– Seulement, vous ne m'aimez pas, Huguette, n'est-ce pas ?

– Vous faites exprès de ne pas comprendre. Vous ne savez pas ce que le docteur Couillaud, il m'a dit : il y a un enfant de mon mari en train de pousser dans mon ventre. Ils ne se verront jamais, monsieur : cet enfant-là ne connaîtra pas son père, j'en suis sûre.

Ils restèrent là longtemps collés l'un à l'autre, bercés par leurs souffles, et le bruit virtuel de leurs pensées en désordre. Puis il se releva, l'aida à arranger son soutien-gorge et sa jupe.

– Eh bien, dans ce cas, Huguette, nous ferons comme si nous étions frère et sœur !

Ses visites et celles de son fils s'espacèrent sérieusement à cause des Boches, à cause du ravitaillement chaque jour plus ardu, chaque jour plus maigre. De nouveau, contraint de se tourner vers les bois pour se nourrir et se désaltérer, il commençait à l'oublier. Mais quand quelques jours plus tard, il entendit frapper à la porte, il sut que c'était elle, et remarqua que c'était la première fois qu'elle lui rendait visite la nuit.

— Quelqu'un veut vous voir, lui dit-elle dès qu'elle se retrouva devant lui.

Il sortit scruter la nuit noire. Du côté des stères de bois, une ombre humaine finit par se dessiner sous les pâles reflets de la neige. Visiblement, la personne souhaitait se tenir à distance comme si elle redoutait quelque chose ou comme si, à l'inverse, elle nourrissait quelque mauvaise intention.

— Désolée pour ce qui vous est arrivé !

C'était Yolande. Il n'avait plus besoin de mettre une torche sur cette silhouette énigmatique, si floue, si informe qu'elle semblait sculptée dans la matière de la nuit, sa voix calme et monotone avait largement suffi.

— Entrez toutes les deux, vous allez mourir de froid !

Il les entraîna vers le poêle et leur laissa le temps de se réchauffer. Il savait combien cela coûtait de parler ou de penser après une longue marche dans les bois enneigés des Vosges.

— Elle vous croyait mort, fit Huguette en sortant du gruyère et du poulet frit de son vieux caban effiloché.

— Dès que vous êtes parti, ils en ont fusillé deux cents dans les carrières de Fouchécourt. Deux cents, dont beaucoup de Guinéens ! J'étais persuadée que vous faisiez partie du lot. Puis avant-hier, un trappeur m'a parlé du nègre de Romain-aux-Bois et je me suis dit que ça ne pouvait être que vous.

— Mangez-moi donc ce poulet, dit Huguette, on ne sait pas s'il y en aura demain.

Il en détacha un quart qu'il engloutit sans laisser le moindre petit os. Il se saisit d'un bout de papier parmi les vieux journaux servant à allumer le poêle, pour emballer le reste et le ranger en haut de l'étagère.

– Mangez un peu de fromage aussi.

Il ne répondit pas. Il alla prendre un peu de neige qu'il fit chauffer dans le vieux gobelet pour se rincer la bouche.

– Ah, c'est bien de manger à sa faim, c'est encore mieux de vous voir toutes les deux, bien vivantes et moi aussi !

– C'est de ma faute. J'aurais dû y penser : vous laisser de l'eau et suffisamment de provisions pour l'hiver. Personne n'aurait imaginé qu'ils allaient stationner là près d'une semaine avec leurs tanks et leurs chars juste autour de la fontaine comme s'ils savaient que c'était de ce côté-là qu'Étienne serait venu vous apporter votre soupe.

– Que s'est-il passé, ce jour-là ?

– Une révolte de paysans ou quelque chose comme ça, précisa Yolande. Je n'aime pas beaucoup chez Étienne sa manie de courir dans les bois à la recherche du gibier, mais j'avoue que ce jour-là, sans son flair de braconnier, nous étions tous perdus. En sortant de Petit-Bourg, il a entendu les chiens et vu les officiers de la Gestapo, plus nerveux que d'habitude, grouillant sur les pentes des collines. Alors, il a humé l'air et senti que quelque chose de pas catholique se tramait. Il a pensé à vous, à votre prison, à votre ventre vide mais il a préféré prudemment revenir sur ses pas. Et il a très bien fait, je vous assure, car, je ne sais pourquoi, j'avais eu la sottise de lui remettre une lettre pour vous.

– Et que disait cette lettre ?

Visiblement embarrassée, elle regarda tour à tour Huguette et le poêle avant de se tourner vers lui :

– Eh bien, nous aurons certainement l'occasion d'en parler.

Elle se leva avant de finir sa phrase, d'un geste leste, ôta son manteau et lentement détacha le sac de toile qu'elle gardait à ses hanches.

– Tenez, c'est tout ce que j'ai pu faire.

Il ne l'ouvrit pas tout de suite pour savoir ce qu'il contenait, mais en tâtant les bosses du sac il se douta que c'étaient des sardines et des conserves, en quantité suffisante pour tenir une ou deux semaines.

Elle remit son manteau et fit signe à Huguette qu'il était temps de partir. Elle jeta un regard circulaire sur les murs et le toit, constitués de troncs mal équarris dont les jointures laissaient passer la pluie et la neige, le soleil ou le vent.

– Mieux vaut rester ici. L'école est devenue dangereuse pour vous. Ça s'est mis à jaser. Mon mari est au courant, les Boches sont devenus soupçonneux. J'essaierai de revenir ou bien j'enverrai des messages. Huguette et Célestin nous serviront de relais.

– Je lui ai parlé de la Suisse mais il n'a qu'un seul mot en tête : Chaumont.

– Je sais, mon mari me l'a dit. Nous sommes tous obsédés par quelque chose de bizarre depuis que cette guerre est là.

Les jours qui suivirent furent parmi les plus heureux de sa vie de nègre bohème, parce qu'il avait de quoi manger et boire, parce qu'il était au chaud, parce qu'il avait revu Yolande, parce qu'il avait revu Huguette, parce que dans les arbres alentour, les écureuils se frottaient aux troncs et que les oiseaux chantaient quelque chose de gai. Yolande, Huguette ! Mon Dieu, depuis quand n'avait-il pas vu une femme ?

Huguette ou Yolande ?

Yolande, il ne l'appelait pas encore « maman ». Mais elle lui avait sauvé la vie et il avait senti dès leur première rencontre au bois de Chenois peser sur lui l'autorité maternelle de cette femme élégante, à la beauté austère qui, malgré ou à cause de cela, ne cessera, tout au long de ces années de tourment, de lui inspirer des émotions violentes et confuses, jusqu'à ce que la roue de la Gestapo les écrase tous les deux.

Quant à Huguette, c'était fini, fini avant même de commencer, par la faute de cette graine qui poussait dans son ventre et qui résumait à elle seule la cruauté de l'époque. La femme, c'est l'atelier du bon Dieu, disent vos sages de là-bas. Toucher à la femme enceinte, c'est souiller la demeure d'Allah, c'est briser l'ordre de l'Univers.

Huguette ou Yolande, Yolande ou Huguette ? Pourquoi les femmes interdites sont-elles toujours plus désirables que les autres ?

Il laissa s'écouler les jours sans penser à la Guinée, sans penser à Langeais, sans penser aux copains et aux femmes de Paris, sans même penser à la guerre. Ainsi devaient vivre les bêtes qui grouillaient autour de lui, heureuses de manger et de dormir et de ne penser à rien, surtout pas à la guerre.

C'est bien plus tard que les choses commencèrent à se compliquer, au point qu'il en arriva à se dire que mieux aurait valu, peut-être, mourir dans la bataille de la Meuse. L'hiver succéda à l'automne alors qu'il lui restait un navet, deux poireaux, un bout de gruyère et cinq boîtes de sardines. Alors, il vit ce qu'il n'avait jamais vu depuis qu'il était en France ni à Langeais, ni à Paris ni à Sanary-sur-Mer ni à La Rochelle : l'hiver des Vosges avec ses vents furieux, sa neige d'un mètre de haut, ses monceaux d'oiseaux gelés et ses nuits de vingt heures et plus.

En regardant la lumière du jour s'effacer alors qu'il n'était même pas quinze heures, il crut que c'était une blague : tout redeviendrait normal tout à l'heure, le temps que cette nuée de corbeaux ou ce nuage de gaz lâché sûrement par ces maudits Allemands ait fini de passer. Seulement, le lendemain, la brume était toujours là, aussi immobile et impénétrable que la veille et il fallut attendre dix heures pour que les premiers rayons du soleil arrivent à la transpercer. Bientôt la vieille charrette disparut, engloutie par la neige, et la citerne s'écroula. Bientôt, il se rendit compte qu'il ne pouvait plus ouvrir la porte qu'au prix d'un violent coup d'épaule, et qu'il ne pouvait atteindre les stères de bois qu'après avoir enlevé dix pelletées de neige. Il comprit que c'était sérieux quand il commença à ne plus sentir ses doigts.

Tout s'était tu autour de lui. Plus de gazouillis d'oiseaux, plus de bruits d'écureuils contre les troncs des arbres, plus de brames de cerf sous les grands châtaigniers ; plus de voix humaine, plus de son de carriole provenant de la route. Il comprit combien cela pouvait rendre fou d'être tout seul au monde. La vie, se dit-il, n'est qu'une longue chaîne de bruits, enlevez-en un seul et c'est sa raison d'être qui s'effondre.

Il ne vivait plus dans une cabane mais dans une prison, une prison dont il détenait la clé, un îlot de bois pourri séparé du monde par un vaste océan de neige. Yolande ne viendrait plus, ni Huguette, ni Célestin, ni les rats, les souris, les insectes. Il cessa de sortir pour se dégourdir les jambes parce que le vent le terrassait et que la violente réverbération de la neige allait le rendre aveugle. Mais quand le toit s'effondra au milieu de la nuit et qu'une simple rafale de neige ensevelit et le lit de fer et le poêle, il se dit que mieux valait aller mourir ailleurs. Là où à défaut de le pleurer, on pourrait au moins le jeter dans un trou. Il se débarrassa des allumettes devenues inutiles, empocha sa dernière boîte de sardines et sortit. Son intention était bien sûr de parvenir à Romain-aux-Bois, et de frapper à la porte du bar. Huguette viendrait ouvrir. Elle lui offrirait une soupe ou une chicorée, puis il la prendrait dans ses bras pour l'écouter pleurer et profiter de sa chaleur, de sa tendresse, de son parfum. Il avait appris à s'orienter depuis la dernière fois : il fallait laisser la charrette à sa gauche, la vieille citerne à sa droite, traverser la sapinière jusqu'à la ferme abandonnée, puis trottiner une petite heure jusqu'à la fromagerie, puis chercher la route sur sa droite et la longer en marchant sous les bois jusqu'aux premières maisons. Seulement, il n'y avait plus de charrette, plus de vieille citerne, plus de ferme, plus de sapinière, plus de nord, plus de sud. Le monde n'était plus qu'un immense champ de neige dont la violente lumière vous brûlait les yeux. Ces premières maisons tant désirées, il ne les aperçut qu'au petit matin. Il hâta le pas mais s'effondra devant la toute première porte. Ce fut cet idiot de Cyprien Rapenne qui le découvrit alors qu'il sortait traire sa vache. Il poussa un cri et fila aussitôt réveiller le maire.

– Il y a un nègre dans la rue Jondain.
– Et qu'est-ce qu'il fait là, ce nègre ?
– Rien, il est juste en train de mourir.

Voilà comment en nous réveillant, un beau matin, nous apprîmes qu'un nègre se trouvait parmi nous, Monsieur. Un nègre, un vrai, aussi noir que s'il se trouvait encore là-bas dans vos forêts d'Afrique. Il avait les joues enflées et les pieds en sang. On venait le voir en file indienne dans le salon du maire où on l'avait étendu. Et bien sûr, chacun y allait de son commentaire. Et l'on entendait toutes les sottises possibles. À tel point que le maire, réputé socialiste et franc-maçon, dut pousser un cri de rage :

– Mais non, il ne vient ni du cirque, ni du zoo, ni d'une plantation du Mississippi. C'est un tirailleur sénégalais, un soldat de l'armée française, fumiers !

De Guinée, du Congo ou du Tchad, pour nous, tous les tirailleurs étaient sénégalais. Tous les Noirs de la planète aussi.

Quand notre homme fut en état de parler, c'est-à-dire le lendemain ou le surlendemain, le maire posa sa main sur son front et demanda :

– Mais d'où sors-tu, mon pauvre ?
– De Harréville-les-Chanteurs.
– Mon Dieu !

– Ce nègre est un menteur, monsieur le maire, s'indigna Cyprien Rapenne. Personne n'y survivrait par un temps pareil.

Il voulait dire que c'était là, à Harréville-les-Chanteurs, qu'avait commencé sa galère, et non à Saint-André-les-Vosges ou à Romain-aux-Bois. Mais nous ne connaîtrons son parcours qu'après sa mort, lorsque la Pinéguette, Célestin et aussi cet homme qui se faisait appeler le colonel Melun, décidèrent de nous donner des leçons d'histoire. Jusqu'ici, pour nous, ses traces allaient du bois de Chenois à Saint-André-les-Vosges ; de Saint-André-les-Vosges à la gendarmerie de Lamarche ; de là-bas à Romain-aux-Bois. Il ne parlait jamais de lui, comment l'aurions-nous su ? Et voilà que soixante ans après sa mort, ces grands professeurs vinrent nous bassiner les oreilles avec des mots tout nouveaux : Guinée, Bomboli, Pelli Foulayabé, Langeais, Baumont, Harréville-les-Chanteurs, des endroits dont personne n'avait entendu parler. Il nous fallut beaucoup d'attention et de patience pour mettre tout ce fatras dans le bon ordre.

Commençons par Harréville-les-Chanteurs, car sans ce village de Haute-Marne, rien ne se serait produit, et vous ne seriez pas venu de votre lointaine Guinée rien que pour écouter une vieille crâpie comme moi. C'est là qu'il fut fait prisonnier, Monsieur, lors de la fameuse bataille de la Meuse. Ce devait être le 18 juin 1940. Elle tenait à cette date, la Pinéguette. La veille, le maréchal Pétain avait lancé son appel. De Gaulle, le jour même, le sien. Mais les nègres n'étaient pas au courant, personne ne les avait avertis. On leur avait dit : « Battez-vous jusqu'au dernier et qu'aucun chien d'Allemand ne passe. » Et des Ardennes à la Haute-Marne, ils s'étaient battus avec toute la foi et toute la rage qu'on leur connaît.

Deux régiments de tirailleurs devaient empêcher l'ennemi de passer la Meuse, le 14e RTS à Bourmont et le 12e à Harréville-les-Chanteurs. Et vous l'avez compris, votre oncle était du 12e régiment des tirailleurs sénégalais. Ils avaient pour mission de défendre un pont. Seulement leurs mousquetons ne pouvaient pas grand-chose contre l'artillerie allemande. Ils résistèrent toute la journée et toute la nuit du 18 au 19 mais au petit matin, affamés, abandonnés par leurs supérieurs blancs, et dépourvus de munitions, ils durent battre en retraite. Les plus chanceux parvinrent à disparaître dans les forêts voisines ; lui, il se réfugia dans un wagon. C'est dans ce wagon qu'il fut arrêté et conduit à Neuf-château où il fut fait prisonnier à la caserne Rebeval avec plusieurs de ses compagnons. Il y passera tout l'été à construire des baraquements puis plus tard à désenneiger les routes.

Dans cette caserne, les nègres se comptaient par milliers, les Allemands étaient quelques centaines : de jeunes soldats et de jeunes officiers pour la plupart, qui après une longue campagne depuis la Belgique étaient passés par Épernay et Reims où ils s'étaient copieuse-ment approvisionnés en vins fins et champagnes. Tous les soirs, ils faisaient la fête dans la vieille baraque qui leur servait de mess. Votre oncle profita d'une de ces somptueuses beuveries pour s'évader suivi de quarante de ses compagnons. Voilà comment, quatre mois plus tard, il s'est retrouvé ici, transi et couvert de sang, voilà comment il est entré dans notre vie pour ne plus jamais en sortir. Évidemment, il ne savait pas qu'il se trouvait à Romaincourt, il se croyait à Romain-aux-Bois, un peu comme ce pauvre Christophe Colomb qui en arrivant aux Antilles s'imaginait déjà aux Indes.

Nous n'apprendrons pas grand-chose de sa vie et de celle de ses compagnons d'évasion jusqu'à sa rencontre avec les Valdenaire. À peu de chose près, la même que celle qu'il vécut à Romain-aux-Bois, j'imagine.

Il faut savoir, Monsieur, qu'en un mois, les Allemands firent vingt-neuf mille prisonniers nègres sur les soixante mille envoyés au front. Ou les autres étaient morts, ou ils erraient dans les forêts de France, traqués par les Allemands et pas toujours bien vus des Français. Certains fermiers leur donnaient du pain, voire des médicaments ou des couvertures ; d'autres allaient les dénoncer à la Feldkommandantur ou à la Gestapo. Ceux qui avaient lu les manuels coloniaux s'armaient de fusils et, après avoir repéré des groupuscules isolés, allaient à la chasse aux singes comme cela se faisait alors dans les forêts du Congo.

Mais la bonne question, la voici, Monsieur. Pourquoi, alors qu'ils étaient quarante à s'enfuir de Rebeval, fut-il le seul à arriver à Romaincourt ? Eh oui, voilà ce que nous nous sommes longtemps demandé, jusqu'à ce que le colonel Melun nous explique. Ils n'avaient aucune chance de survivre en groupe. Déjà un nègre, un seul dans la campagne des Vosges… imaginez ce que cela aurait donné à cinquante ou cent ! Cela, les Africains le savaient et, autant que possible, s'étaient donné pour consigne de se disperser. Des milliers de tirailleurs sénégalais erraient dans les forêts de France, livrés à la famine, aux Allemands et aux loups. Parmi eux, les amis de votre oncle : ses compagnons de Rebeval et les autres qui avaient déserté dans la nuit du 18 au 19 après avoir compris qu'il n'y avait plus rien à faire. Tous, les traqués, les pendus, les fusillés, les relégués, je dis bien tous, revenaient dans ses délires qui durèrent une semaine au moins avant qu'il ne puisse s'asseoir au bord du lit et avaler tout seul la soupe que lui tendait maman. Et les noms qui sortaient de ces paroles mourantes sont toujours là, dans un coin de mon cerveau, entiers et neufs comme s'ils venaient juste de s'y graver. Farara Dantillah, Boubacar Diallo, Moriba Doumbouya, Moussa Kondé, Fodé Soumah, Zana, Adama Diougal, Nouffé Koumbou. Surtout, le plus sonore, le plus émouvant, le plus inoubliable parce que, celui qui revenait le plus souvent dans ses délires : Va Messié, Va Messié, Va Messié !

Comment, mon Dieu, ces mots venus d'ailleurs, déroutants et imprononçables, me devinrent-ils si vite familiers ?… Pour la première fois, je voyais un mourant et ma cervelle d'adolescente était toute disposée à recueillir les onctions de grâce et les testaments, ce devait être pour cela. Seulement, le brouillard était trop épais en ces années-là, et il me fallut du temps, beaucoup de temps pour trier les choses et rendre à chacun le destin qui fut le sien.

Ce fut probablement dans les environs de Bazoilles qu'ils décidèrent de se séparer. Je le dis parce que la veille au soir, soixante nègres qui campaient autour d'un étang furent cernés par les Allemands qui les jetèrent dans une grange avant d'y mettre le feu. Alors, ils avaient décidé de se séparer, à chacun une direction ;

chacun rendu à lui-même, chacun dans sa main le fil ténu de son destin. Ils avaient amassé des brindilles de différentes tailles et ils avaient tiré au sort, chacun devant attendre une heure après le départ de son prédécesseur avant de choisir sa route.

Je vois d'ici la cérémonie rituelle qu'ils avaient dû célébrer avant de se tourner le dos (chez vous, rien ne se fait sans les gris-gris et le cola). Je vois d'ici les robustes accolades et les rires insouciants ; non, les militaires ne pleurent pas, ils sortent leurs larmes par la peau non par les yeux. Avant cela, une autre séparation avait déjà eu lieu sans accolade et sans cola cette fois. Cela s'était passé sur cette funeste bande de terre aussi monotone et verdâtre que la Meuse qu'elle longe, ce corridor de la mort coincé entre le pont et les rails où des wagons fauchés par les rafales de l'ennemi stoppaient pour toujours, épuisés de porter des renforts qui ne servaient plus à rien.

Ce fut le carnage, Monsieur. Beaucoup de Soudanais, beaucoup de Dahoméens, beaucoup d'Ivoiriens ! Beaucoup de Guinéens, oui, oui, beaucoup de Guinéens !

Je vous montrerai demain le cimetière de Harréville-les-Chanteurs et vous lirez sur les tombes des noms qui vous sont familiers : Kamara Moussa, Farara Dantillah, Moussa Kondé, Mansa Diallo, Magaria Niger. Puis nous irons à Bugnéville où une plaque a été érigée en l'honneur de Fodé Soumah fauché par les Allemands alors qu'il errait sur la route à côté de son inséparable compagnon, Moriba Doumbouya. Moriba, qui eut la vie sauve, s'enfonça dans les forêts où il survécut jusqu'à l'hiver grâce à un paysan qui lui donnait du lait quand il venait arranger ses bêtes et foutre bas les arbres. Mais souvenez-vous que ce fut un hiver particulièrement dur, et très vite il arriva au malheureux Moriba ce qui était arrivé à votre oncle du côté de Romain-aux-Bois. Le brave paysan cessa d'apparaître. Affamé, frigorifié, Moriba sortit du bois, traversa le village et alla s'asseoir près du monument aux morts, où il attendit paisiblement que les Allemands arrivent pour le jeter dans une grange et y mettre le feu.

Nous ne savions rien de cette armée de fantômes. Nous ne savions pas qu'à quelques mètres de nos villages, ces gens-là mouraient ou devenaient fous dans des contrées hostiles et pour une cause qui ne les concernait même pas. Beaucoup pensaient que votre oncle était seul, pour l'unique raison qu'il était le seul qu'ils avaient vu. C'est bien après la guerre que nous avons compris. Grâce à qui ?...

Ce fut une teigne, la Pinéguette, mais sans elle, à présent ça ne me coûte rien de l'avouer, rien de tout ce que nous vivons en ce moment ne serait arrivé. La Pinéguette mais aussi ce pauvre Célestin si souvent grugé par la vie qu'il en est devenu tout brinquebaillé. Sans cette saleté de diabète, il serait venu vous embrasser et vous montrer son pistolet, celui que votre oncle lui avait donné. Célestin n'est pas aussi fou qu'elle, il ne supportait ni ses foucades ni ses accents de communarde. Mais il se disait comme elle que des choses s'étaient passées ici et qu'il fallait que ce soit su.

Tous les deux étaient allés chercher ce colonel Melun, un ancien d'Indochine qui avait décidé de consacrer sa vie de retraité pour réparer ce qu'il appelait « l'ignoble tort fait aux tirailleurs ». « Ces OS de la guerre, disait-il, n'existent qu'au champ de bataille. Sitôt la guerre terminée, on les jette comme des Kleenex usagés, saloperie de saloperie ! Plus personne ne pense à eux après ! » Il fallait que ça se dise, il fallait que ça se sache, parce que « nom d'un chien, il n'y a pas que l'Allemagne qui a des choses à cacher ! »

Au temps de votre oncle, il était juste assez grand pour porter des culottes courtes, ce colonel Melun, mais peu après, il avait fait ses classes à Diên Biên Phu et en Kabylie. Et il y en avait là-bas aussi, des tirailleurs, comme il y en avait déjà dans les tranchées de 14 et dans les cuirassés de Frœschwiller en 1870. Le colonel avait longuement côtoyé ces braves Africains, ces chairs à canon, pour mesurer leur loyauté et leur courage. Cela lui faisait mal au cœur qu'on les eût à chaque fois renvoyés dans leur brousse avec un coup de pied au cul, les poumons en sang et les jambes en moins ; abrutis, sous-gradés, absents des citations et des monuments aux morts, et avec ça, un pécule inférieur de dix fois à celui de leurs collègues blancs.

Alors, il avait décidé d'accumuler des archives, d'alerter la presse, et de faire le siège des ministères. Il y a cinq ans, il a pondu un article dans un journal parisien où il évoquait votre oncle. La Pinéguette le lut et en pinéguette qu'elle était, monta sur ses grands chevaux. Vous pensez bien qu'elle ne pouvait rater cette double occasion : faire parler d'elle et nous trouer les tympans avec ses causes tonitruantes et incompréhensibles. Elle se dépêcha d'envoyer une lettre dans laquelle, bien sûr, elle se présentait comme la fille, votre cousine en quelque sorte, alors qu'elle avait déjà cinquante-six ans et qu'aucun cheveu crépu, aucun trait négroïde, n'étaient venus confirmer cela. Mais pudeur ou simple oubli, le colonel Melun n'y prêta aucune attention. Heureux que quelqu'un enfin le prît au sérieux, il répondit par retour de courrier et fonça sur Romaincourt dès qu'il fut invité à le faire.

Ce fut, je vous assure, la plus pénible des tortures qu'elle nous aura fait subir. Elle lui fit visiter la maison qui est devant nous, là où le maire l'avait logé, la cabane forestière de Romain-aux-Bois, la ferme de la Boëne, le petit appartement de l'école de Saint-André-les-Vosges et tous les lieux qu'il avait fréquentés de son vivant, ces lieux si ordinaires à l'époque et aujourd'hui aussi célèbres à nos yeux que le Louvre ou le Panthéon.

Et le soir, Monsieur, elle avait dressé une tribune entre la buanderie et le monument aux morts, à deux pas de l'église, juste au moment des vêpres, Monsieur, pour crier des injures dans un mégaphone avant de donner la parole au colonel. L'après-midi, elle était passée de porte en porte pour nous contraindre à venir écouter cela. Vous pensez que l'on aurait osé refuser, Monsieur ? Eh bien non, elle nous a toujours terrorisés depuis ce maudit jour où elle a appris à tenir sur ses deux jambes. Vous savez quoi, Monsieur, on la haïssait, oui, mais personne n'aurait osé lui tenir tête. Elle venait devant vous, comme une surveillante de prison, fourrait ses mains dans les poches de son pantalon et vous disait, en vous regardant droit dans les yeux : « Réveillez-vous, Germaine ! Le monde nouveau est là, plus rien ne sera comme avant ! » Vous renifliez pour ne pas mourir de honte ou vous faisiez semblant d'acquiescer d'un vague mouvement de tête. Et la voilà chez la voisine, victorieuse et sûre d'elle comme une championne de boxe. Vous lui en vouliez, vous aviez envie de lui jeter une bassine d'eau chaude au visage ; cela ne faisait rien, la prochaine fois, ce serait pareil, ce serait elle la duchesse et vous, la merde de rien du tout. Cela ne l'empêchait pas de surgir un beau jour chez vous avec une belle boîte de chocolats : « Regardez ce que je vous ai apporté, Germaine. Elle est bien gentille, la Dominique, hein ! »

Et le soir du colonel Melun, elle était encore plus arrogante, plus odieuse.

– Voilà ce que je propose, dit-elle : que le pâquis porte dorénavant son nom.

– Les rues de Romaincourt n'ont jamais porté le nom de personne, lui avait sèchement rétorqué le maire. Et je ne vois pas pourquoi cela commencerait aujourd'hui.

– C'est l'occasion rêvée pour changer cela, monsieur le maire.

– C'est non, surtout venant de vous… Chargez-moi ce matériel et videz la place avant que je ne me fâche !

Le maire avait le même âge qu'elle, elle ne pouvait pas l'intimider. Surtout que c'était l'instituteur, et qu'il n'avait jamais entendu parler de votre oncle.

La semaine suivante, elle organisa une manifestation avec des zigotos venus de Paris qui fumaient de la drogue et jouaient des musiques bizarres. Ce fut un tel bordel que le maire appela la gendarmerie. Mais les gardes à vue, elle y était rodée, depuis l'Indochine, la Palestine, le droit à la pilule, l'avortement, les moutons du Larzac, le mariage des homosexuels et l'amélioration du jus de tomate. Il faut savoir, Monsieur, qu'elle a tenté de nous mettre dans le crâne toutes les belles causes de Paris. Comme si c'était de notre faute si on a gazé les Juifs, bombardé le Vietnam, exterminé des Indiens et jeté les nègres en esclavage. On n'était plus à Romaincourt, Monsieur, mais bel et bien au Quartier latin. Et avec le même toupet, elle a cherché jusqu'à la fin à nous fourrer dans la tête que ce nègre était son père. La grande rue du village portant le nom de son père. Vous vous rendez compte où cela nous aurait menés, Monsieur ?

Ah, la Pinéguette, vous en avez de la chance de ne l'avoir pas connue, vous ! Certains disaient qu'elle avait perdu la tête suite à cet accident de moto qui, à ses dix-huit ans, lui avait brisé le fémur. C'est faux. Folle, elle l'était depuis le ventre de sa mère, cet immonde organe qui, aux dires de mâmiche Léontine, s'était vidé d'un bon nombre d'avortons avant de mettre *ça* au monde. Déjà, pour commencer, les gens eurent beaucoup de mal à décider si elle était une fille ou non. La mère qui ne parlait à personne ne pouvait leur venir en aide, et Dominique, le nom dont elle l'avait affublée, ajoutait au doute et compliquait inutilement la vie.

Tant qu'elle vécut, nos nerfs oscillèrent dangereusement entre les moments de colère et ceux de lassitude, entre les pics vertigineux de la crise de nerfs et les trous sans fond de la prostration. Puis, avec une résignation toute vosgienne, nous nous fîmes à notre sort. Nos voix se calmèrent, nos regards indignés se recouvrirent d'un voile d'indulgence. Nous acceptâmes le monstre et l'on entendit les veuves revenant de l'église marmonner entre leurs dents : « Le Christ sait ce qu'il fait. S'il nous a envoyé ça, c'est qu'il veut nous punir de quelque chose. »

On ne fit plus attention à ses hystéries, aux bruits de ses motos et de ses rastamen, à sa boulimie de whisky et de jeunes gouines. Seuls ses coups de carillon au milieu de la nuit parvenaient encore à irriter les plus sensibles. Seulement on avait beau obstruer l'accès au clocher de l'église, elle arrivait toujours à y grimper… Elle fut traitée dès lors comme une louve, une louve bien de chez nous, une louve tout de même.

Une bête de la famille, en somme, la maudite, la bien-aimée : cet étrange sentiment se renforça après son éloignement vers Paris. Soulagés de son départ, nous fûmes très vite saisis d'une profonde impression de vide. Nous faisions penser à ces grands malades regrettant en sortant de l'hôpital d'avoir perdu leur hernie. De sorte qu'à la Pâques suivante, les gamins se mirent à crier en reconnaissant de loin le bruit de sa moto :

– Vous savez quoi ? Elle est revenue !
– Eh bien qu'elle revienne ! s'énerva le curé. Ce ne sera pas pire que ce maudit hiver de l'année dernière.

Elle revint et la muraille de silence retomba entre nous dès qu'elle reprit le chemin de Paris accompagnée de la jeune Arabe qu'elle avait apportée cette fois-là. Elle et Étienne constituaient les seuls liens qui nous unissaient encore les uns aux autres en soixante ans de silence et de haine. L'Étienne parce qu'il parlait à tout le monde et elle, parce que tout le monde parlait d'elle, en mal, ce ne pouvait être que ça : en mal.

Et pourtant, sans elle, rien ne se serait passé, Monsieur. Sans elle, vous ne seriez pas là à serrer des mains, à dévoiler des plaques, à recevoir des médailles, à remonter ce pâquis qui porte dorénavant le nom d'un oncle que vous n'avez jamais connu.

Oui, tout vient d'elle, et pourtant, nom d'un Dieu, elle ne l'a jamais connu non plus. Elle en était encore à téter sa mère quand tout cela s'est passé. Seulement, vers ses dix ans, la tête commença à lui tourner à cause de la photo et de ce que l'Étienne lui avait dit. Cette histoire, tout le monde l'avait oubliée sauf l'Étienne qui la racontait dans les champs et les soirs où il y avait un couarail. Personne ne l'écoutait vraiment, mais il continuait quand même sans demander l'avis de personne. Il savait pourtant, l'Étienne, que plus personne ne voulait en entendre parler, qu'elle ne réveillait que des rancœurs, des douleurs à peine éteintes, des regrets inutiles et des hontes mal assumées ; chez ceux qui n'étaient pas encore nés, des bâillements interminables comme s'il leur racontait pour la énième fois le Déluge ou la chute de Babylone.

Elle disparut un ou deux ans après la visite du colonel Melun, mais nous savions que ce n'était pas fini, qu'elle reviendrait plus hardie et plus extravagante encore.

La fois d'après, elle n'apportait pas que des pancartes et des slogans creux. Elle venait nous livrer un élément capital dans la vie de votre oncle. Ce n'était pas à Langeais qu'il s'était engagé, contrairement à ce que nous pensions, mais à Paris. Oui, il avait vécu dans la capitale, et pas n'importe où, à la mosquée de Paris, rue Georges-Desplas. Sans s'en rendre compte, elle m'aidait à résoudre une énigme que je portais en moi depuis soixante ans.

Vous vous souvenez qu'il avait déconseillé à mes parents de m'envoyer faire le bac à Nancy. Figurez-vous qu'il avait réussi à les convaincre que je devais devenir couturière, un métier fort convenable pour une jeune fille de mon âge. Il connaissait une amie qui enseignait cette discipline chez les bonnes sœurs de Ménilmontant. Mes parents acceptèrent à condition que je revienne les voir à Noël, à Pâques et certains week-ends, ce qui était parfaitement possible puisque je jouissais d'un laissez-passer en bonne et due forme.

À la veille de reprendre le train, il vint discrètement me voir.

– Hé, Germaine, j'ai là quelques oignons, voulez-vous les apporter à mes amis de la mosquée de Paris ?

Des oignons, Monsieur, des oignons pour la mosquée de Paris ! Pas des carottes ou des navets, pas du mouton, pas du poulet, des oignons ! À un moment où la France entière se serrait la coriotte !

– Mais pourquoi des oignons ?

– Parce que… parce que nous aimons manger épicé… Et puis, c'est une coutume chez nous que d'offrir des oignons à la mosquée. Cela favorise les bénédictions divines… Allez-y, vous allez louper votre train…

Dire que j'ai cru à cette galéjade ! Il aimait cajoler ses amis et il avait bien raison. De là à leur faire cadeau d'oignons des Vosges alors que la Gestapo furetait partout, fussent-ils de Paris !…

Mais il est peu probable qu'il soit parti de Paris directement pour se rendre au front. L'armée française préférait cantonner ses tirailleurs dans le Sud où ils étaient moins exposés à la déprime et à la tuberculose.

Une hypothèse que confirmèrent les recherches du colonel Melun. Engagé auprès de l'Intendance de Paris, il rejoignit très vite le dépôt d'infanterie coloniale de Rochefort pour ses classes. De là, il fut affecté comme soldat de deuxième classe au 12e RTS stationné pour l'hiver à Sanary-sur-Mer dans le Var.

Au début de la guerre, son régiment se retrouva dans les Ardennes, d'abord à Montmédy et ensuite à Beaumont-en-Argonne, où il subit ses premières pertes. Plus d'un an pour aller de Langeais à Romaincourt. Quel itinéraire, bon Dieu !

Après l'avoir soigné et nourri, le maire le logea dans la maison qui se trouve juste là, en face de nous. Il l'aida lui-même à s'installer quand il eut fini de délirer puis il lui tendit quelque chose et lui dit sur le ton bourru qui était le sien :

– Ôtez-moi cet uniforme, vous allez nous faire bombarder ! Vous n'êtes plus militaire, vous êtes commis agricole, voici vos papiers !

Vous parlez d'un commis agricole ! De toute sa vie ici à Romaincourt, personne ne l'a vu dans les champs sauf à vélo, pédalant sans relâche et zigzaguant entre les arbres sans jamais les frôler. Il disparaissait plusieurs jours et surgissait sans prévenir, comme une émanation de l'horizon, comme ces apparitions dont parle la Bible. Quand il sortait par le nord, c'est par le sud qu'il revenait et l'on ne savait plus très bien s'il était passé par le Berry ou l'Afghanistan. Les premiers jours, il resta bien calme parce qu'il claudiquait, parce qu'il n'avait pas encore de vélo. Le matin, on le voyait de bonne heure entrer chez le maire pour prendre sa tisane. Puis il marchait un peu et s'asseyait sur le parvis de l'église, emmitouflé dans sa capote. Tout le monde venait voir en faisant semblant d'aller chez l'épicière. Les hommes rigolaient à voix basse et les enfants se cachaient sous les jupes de leurs mères.

Nonon Totor, qui ne craignait rien, s'avança vers lui :

– Tiens donc, voici des macarons ! Je voulais t'offrir une tête-de-nègre mais tu en as déjà une.

La blague était trop facile mais tout le monde se bidonna. Vous savez ce qu'il fit, Monsieur ? Il les mangea, les macarons, il les mangea lentement, il les mangea sans se presser, et quand il eut fini, il effectua quelques pas pour se rincer la bouche à la fontaine et fit :

– Quelqu'un peut-il me dire à quelle distance nous sommes de Chaumont ?

– Euh, c'est à deux heures de cheval, monsieur… enfin, je crois bien, répondit Cyprien Rapenne d'une voix manifestement intimidée.

– C'est bon. Vous pouvez partir, bande d'idiots.

Romaincourt se dispersa. Chacun retourna chez soi en silence, même nonon Totor qui ne put s'empêcher de pester :

– Merde alors, on aurait dit une salle de classe sortant de l'école sous le regard du maître. Il va m'entendre, moi, hein !

Il les avait gagnés, ses galons. On ne vit plus personne se moquer de lui, du moins face à face. Cela ne veut pas dire que tout le monde l'aimait. On ne l'aurait pas dénoncé sinon. Cela ne veut pas dire qu'il n'y avait pas des propos racistes et des regards sournois derrière les rideaux. Nous sommes à Romaincourt, Monsieur, un pays de cent habitants où tout le monde est cousin même si on ne se parle plus depuis le siècle dernier. Un huis clos de mariages ratés et de conflits fonciers. Un réduit de jalousies, de méfiances et de suspicions où les hommes sont tous farouches et où les rancunes durent un siècle.

Un pacte tacite venait de s'établir entre lui et nous. Je suis nègre, je m'en fous de ce que vous en pensez. Vous, soyez ce que vous êtes, je ne me mêlerai pas de vos ragots de poivrots et de vos histoires d'adultères. C'est la guerre, que voulez-vous ? Voilà ce que le destin a décidé : nous sommes dans le même camp, même si vous ne le savez pas, forcés de trimer, de mourir ou de survivre ensemble, même si cela ne vous plaît pas.

Sa vie finit par ressembler à la nôtre. Il y avait sa famille et puis il y avait le reste. Sa famille fut la mienne, les Tergoresse, et en regardant cette rue, là-bas, qui désormais porte son nom, je n'en suis pas peu fière. Quand les Allemands l'ont fusillé, nous n'avions pas perdu un nègre des colonies tombé ici en s'échappant des bois mais un frère, un cousin, un élément essentiel du clan, un même sang que nous. Ma mère fut sa mère, et mon père, le sien. Tonton Louis, le maire, fut son oncle à lui aussi, et mon nonon Totor, son nonon. Ses rapports avec les Rapenne furent normaux, parfois même cordiaux mais je ne lui en voulus pas. Je ne peux pas en dire de même pour ce qui est de « l'étrangère ». On l'appelait ainsi, Monsieur, « l'étrangère » ou bien alors « la sorcière », ou tout simplement Asmodée, comme l'avait surnommée Totor. C'est elle qui a chié de la Pinéguette, Monsieur, puisqu'elle avait épousé mon autre cousin, Pascal. C'est chez elle qu'il passait ses après-midi, Monsieur, même après que l'on eut retrouvé le Pascal pendu dans la grange avec sa propre ceinture. Oh, il n'y avait là rien d'anormal puisqu'ils étaient voisins et que comme je vous l'ai dit, la maison de votre oncle se collait à la sienne. Il s'asseyait dans le salon et se faisait servir une tisane et puis il parlait des Allemands. Asmodée écossait ses fèves en faisant des « ben, alors ! » aussi stupides que nombreux, et le Pascal qui ne disait jamais rien et qui était gentil comme tout lui répondait par des sourires navrés et comme pour tempérer les violences de ce monde, lui ouvrait gentiment la boîte de biscuits et le bocal de miel. Vous direz que j'étais jalouse, si vous voulez ; avec Asmodée, ça ne me gênait pas de l'être. Et puis, elle ne le méritait pas, elle n'a jamais mérité personne, encore moins mon Pascal dont elle a foutu la vie en l'air. Pauvre Pascal, Dieu seul sait dans quelle rue mal famée, dans quel somptueux bordel il est allé chercher cette traînée-là ! Il nous avait dit qu'il allait rejoindre les Compagnons de France. Il était menuisier, Monsieur. Par l'amour de Dieu et par la grâce de Jésus, il transformait le bois en pièce d'or, en objet de rêve. Ce n'était pas du métier mais du bel art. Voyez-moi cette commode là-bas, il l'a faite exprès pour moi et le soir, quand il avait fini de ciseler, il venait s'asseoir là pour réciter Lamartine ou pour me jouer de l'accordéon. Et un beau jour, nous avons reçu une carte où il y avait ces quelques mots : *J'ai trouvé le grand amour ! Dites à Germaine de me pardonner.* Cela a encore duré un an, puis il est revenu et l'on a vu qu'il n'était pas seul. Et ce n'est pas qu'ils étaient deux, Monsieur, ils étaient bel et bien trois. Un blondinet de cinq ans trottinait à côté d'eux et ça se voyait à sa tête comme à son âge qu'il ne pouvait être de lui. Le Pascal, c'est en homme timide et réservé que le bon Dieu l'a fait, mais souriant, serviable, ouvert de cœur et adorant la vie, ça c'était bien sûr avant que cette catastrophe de garce ne tombe sur lui. Il a garé sa voiture, il a marché jusqu'au perron pour nous dire bonjour puis il a montré du doigt les deux autres restés dans la cabine et il a dit avec beaucoup de honte : « Bernadette et Antoine, ma famille. »

Et là, nonon Totor lui avait annoncé avec la gouaille qui est la sienne que son père et son frère, tous les deux cheminots, avaient été déportés pour avoir distribué des tracts communistes… Alors, il avait débarqué les bagages et puis il était rentré chez lui pour ne plus jamais en ressortir… L'éclipse, Monsieur, l'éclipse. Plus de sourire, plus de ferrures et de corniches, plus de Lamartine, plus d'accordéon !

Il restait prostré dans sa chambre, grignotant ses biscuits au miel, et descendait rarement au salon retrouver sa femme qui se limait les ongles en écoutant sur son phono des chansons d'amour. Lassée de Jean Sablon, de Léo Marjane et de Tino Rossi, elle sortait se promener du côté de Martigny-les-Bains ou allait faire ses courses dans les magasins de Nancy. Le gamin, elle ne le sortait que pour l'emmener à Lamarche chez le docteur Couillaud. J'entendrai jusqu'à ce qu'elle meure les villageois se demander si Antoine toussait parce que sa maman ne s'en occupait pas ou si elle ne s'en occupait pas parce qu'il toussait.

Ils vécurent quelques mois sur les économies qu'il s'était faites comme Meilleur ouvrier de France, puis la nourriture se fit rare et elle vendit la Citroën.

Il n'échappa à personne qu'elle changeait de robe beaucoup plus souvent depuis que le tirailleur avait aménagé tout près de chez elle. Mais je peux vous le jurer, il n'y a rien eu entre eux. Rien. Je l'aurais su d'une manière ou d'une autre. Et pourtant, elle aimait les hommes ; et pourtant, il aimait les femmes.

Il passait les voir plusieurs fois par jour, mais c'était pour écouter *Tango de Marilou* de Robert Marino, ou pour persuader Pascal de jouer aux cartes avec lui. Elle en profitait pour se mettre en valeur et tisser sa nasse :

– Vous qui avez vécu à Paris, connaissez-vous le *Bal Nègre* ?

– Mais, Ma-da-me, répondait-il avec l'ironie mordante qui pouvait être la sienne, comment ferais-je pour ne pas connaître le *Bal Nègre* ? Seulement très vite, on m'a fourré dans cet uniforme de tirailleur et depuis, c'est un tout autre bal que je connais.

Dès que Pascal, fatigué de jouer aux cartes, remontait dans sa chambre, il piquait un dernier biscuit et se dirigeait vers la porte. Elle lui barrait le chemin et de sa voix de succube, se mettait à roucouler : « Oh, vous ne venez que pour Pascal. »

Il la repoussait fermement du coude et partait sans dire un mot. Non, il n'y a rien eu entre eux, rien. D'ailleurs, la Pinéguette est née exactement sept mois jour pour jour après sa venue et comme elle n'avait rien de prématuré, rien d'antillais ou de sénégalais, elle ne pouvait pas être sa fille, malgré ses vantardises. Ça, je peux vous le jurer, Monsieur, elle ne pouvait pas être sa fille.

Évidemment, on ne saura jamais qui était le père, vu que la mère fréquentait aussi bien les badauds que les Allemands, et qu'elle a dépucelé des bataillons de jouvenceaux entre le Grand Ballon et la Vologne. Vous a-t-on dit que c'est elle qui avait déniaisé l'Antoine ? Et, paraît-il, leur petite affaire terminée, l'Antoine demanda à la garce :

– Elle est de qui, ta fille ?

– Mais du nègre, bien sûr ! Qui veux-tu que ce soit d'autre ?

En guise de preuve, elle avait sorti une photo, où l'on voyait la petite Dominique, âgée de deux semaines, dans les bras de votre oncle. Au dos du cliché, ces mots griffonnés à la plume sergent-major : *pour Dominique, ma fille, avec mes tendres pensées.*

Et si les gens avaient un doute, c'était cette pièce à conviction que brandissait la Pinéguette, et quand on lui faisait remarquer sa couleur de peau, elle répliquait avec aplomb : « Vous verrez qu'à quinze ans, je serai aussi noire que lui. »

Mais elle a eu quinze ans, puis trente, puis quarante-cinq... et jusqu'à sa tombe, elle est restée aussi blanche et pâlichonne que moi, la pauvre, sans que rien d'africain vienne la réarranger.

Alors le maire lui offrit un vélo et il se mit à jouer au fantôme dans les prairies des Vosges, tandis que le Pascal buvait et battait sa femme. Celle-ci hurlait et ouvrait grand les fenêtres pour déverser sa haine sur les toits de Romaincourt : « Bande de ploucs, je vais rentrer chez moi, chez moi !... Que Dieu vous maudisse tous ! Tous ! »

Seulement, Dieu qui fait bien les choses avait placé la malédiction de son côté à elle. Le petit Antoine fut emporté par le croup, ce véritable ennemi des Vosges, plus meurtrier que l'hiver et plus craint que les Allemands. Cela se passa au printemps. À la fin de l'hiver, Pascal monta dans la grange et se pendit sans laisser un mot.

La muraille de haine qui entourait Asmodée s'épaissit encore. Comme le prix de la voiture avait rapidement fondu, qu'elle ne savait rien faire de ses mains et que personne dans un rayon de cent kilomètres ne lui serait venu en aide, elle partait toutes les nuits se louer aux Allemands, là-bas, à l'hôtel thermal de Martigny-les-Bains. Une carriole venait la chercher et curieusement, elle emmenait la petite avec elle. Elle traversait la rue, ses hauts talons martelant le sol à la cadence d'une horloge. Alors, elle soulevait sa progéniture et s'engouffrait rapidement dans la carriole pour échapper à ses poursuivants, entendez la centaine de paires d'yeux qui au même moment la foudroyaient de leur rancœur et de leur mépris.

Je vous disais que, bien qu'il fût devenu presque un Tergoresse, certains Rapenne lui rendaient visite et l'invitaient parfois chez eux. En particulier le Cyprien qui n'était pas vraiment méchant bien qu'il fût du mauvais côté. Il passait devant ce perron où nous sommes assis, traversait le terre-plein pour frapper chez votre oncle. Mais il me disait toujours bonjour en passant :

– Salut, la Germaine !
– Salut, le Cyprien !

D'ailleurs, il est faux de dire que les Rapenne et les Tergoresse avaient rompu tout lien. On se disait bonjour, du bout des lèvres c'est vrai, mais on se le disait quand même. On se voyait aux baptêmes, aux mariages, aux communions. Nous avons le même sang, après tout. À l'origine, nous sommes tous des Tergoresse. Ce sont les Tergoresse qui ont fondé ce village, Monsieur, attirés par les avantages du château, puis l'un d'entre eux a offert sa fille à un bonhomme de Haute-Marne, et les ennuis ont commencé. Ses premiers petits-fils, Jean et Jean, avaient le même âge, la même force, et le même foutu caractère. L'un, le Tergoresse, était passablement doué pour les études ; l'autre, le Rapenne, plutôt comme son père, tourné vers la culture des légumes et le braconnage.

Le Tergoresse, qui avait été brillamment reçu au certificat d'études, prenait son cousin de haut et l'appelait « le petit Fougnat », entendez le petit braconnier.

En 1914, l'un et l'autre avaient été mobilisés. Jean Rapenne avait connu les tranchées et l'enfer de la Somme où il avait été muté et où il avait été grièvement blessé. Sur intervention du sénateur-maire de la ville, Jean Tergoresse, qui souffrait d'asthme, avait en revanche été affecté à Nancy et était devenu secrétaire de l'officier chargé du ravitaillement. Traumatisé par les combats, écœuré par la guerre, Jean Rapenne ne supportait plus son cousin, surtout que celui-ci était devenu après la guerre président de l'Association des anciens combattants du canton et enjolivait quelque peu ses faits d'armes. Plusieurs altercations avaient opposé les deux hommes à ce sujet au point que Jean Rapenne avait été exclu des réunions par celui qu'il appelait « le planqué de Romaincourt ». C'est de là que date notre guerre fratricide.

Vous ne la voyez pas, aucun étranger ne peut la voir mais une ligne invisible nous sépare. Regardez, de l'orée de la Sapinière jusqu'au monument aux morts, là-bas, ce sont les Tergoresse, et du monument aux morts jusqu'aux abords du chemin de fer, ce sont les Rapenne. Vous me direz que tout cela, ce sont des histoires de Blancs, que c'est du folklore de paysans vosgiens, que cela ne vous concerne pas. Vous avez tort, vous verrez plus tard que ce sinistre détail a son importance dans la tragédie de votre oncle.

Après le suicide de Pascal, ils avaient refusé de venir à l'enterrement sous le prétexte bien facile que ce n'est pas chrétien de s'ôter la vie, que le Jésus ne pardonnerait jamais ça. Mais deux années auparavant, quand la nièce du Cyprien a pondu un bâtard, ils étaient bien contents de le faire, leur baptême. Et nous, nous étions tous venus, même si le Jésus n'a jamais béni ce genre de progéniture.

Que devaient-ils penser de lui, eux qui n'ont jamais eu le cœur propre ? Ont-ils été, comme le bruit a couru après, à l'origine de sa perte ? Rien ne permet de le dire puisqu'à cette époque-là, chacun dénonçait chacun. Mais peut-on imaginer cette mauvaise engeance repue de couardise et de fiel s'accommoder de la présence d'un nègre dans leur terroir ; pas n'importe quel nègre, un militaire, un protégé des Tergoresse qui ne tenait jamais en place, qui bricolait des choses louches susceptibles de fâcher l'occupant ? Doux Jésus, je n'ai aucune preuve pour les accuser, je n'en ai pas non plus pour les acquitter ! Toi seul pourras en décider, le moment venu, là-bas devant la justice du ciel.

Ce sont eux, j'en suis sûre, les lettres anonymes adressées à la Kommandantur d'Épinal, affirmant que Totor fraudait dans le versement des taxes dues à l'occupant, que mâmiche Léontine hébergeait des Alasaciens (ici on les appelle les « Haguenaux ») et que le colonel avait une arme à feu enterrée dans son jardin. Comment être au courant de tous ces détails si on n'est pas de Romaincourt ? Comment imaginer une seule seconde un Tergoresse en livrer un autre à l'ennemi ? Seuls les Rapenne sont capables d'une telle ignominie, Monsieur.

Aller jusqu'à dénoncer le colonel, qu'est-ce qu'il ne faut pas avoir comme saletés à la place du cœur ! Le colonel était le seul étranger du village, à part votre oncle, bien sûr. Il venait de Vroncourt-la-Côte, la patrie de Louise Michel dont il fut un lointain cousin, mais il avait épousé une fille d'ici, une descendante du châtelain. Après la mort de celle-ci, il avait préféré s'installer pour pouvoir orner sa tombe. Il partageait avec votre oncle la vocation militaire et la passion pour les jeux de dames. En plus, il connaissait aussi bien les colonies que les ruelles de Romaincourt. C'était un homme jovial mais solitaire et mélancolique qui ne quittait son château que pour s'occuper de son cheval ou pour faire quelques galopades sur les chemins de campagne en chantant des chansons militaires. Romaincourt fut bien surpris de le voir un beau matin sortir de chez lui, longer l'église et l'épicerie, dépasser la citerne et le monument aux morts et aller à la porte du maire.

– Qu'est-ce que j'apprends, qu'il y a un soldat dans nos murs et que personne n'a songé à prévenir la hiérarchie !

– Oh, colonel, s'excusa le maire en riant à son tour, tout cela est de ma faute, vos voisins n'y sont pour rien.

– Alors, ce sera la corvée des pommes de terre et cent kilomètres à pied pour le maire de Romaincourt !

– À vos ordres, mon colonel !

Leurs rires explosèrent de plus belle, puis le colonel reprit son sérieux :

– Allez, conduisez-moi vers ce nègre, j'ai hâte de faire sa connaissance.

Le maire le conduisit directement dans la chambre du haut où on lui avait installé un lit en bois et un matelas de laine de crin. Ils le trouvèrent allongé, les yeux ouverts, la tête tournée vers le plafond. Il rêvait sans doute puisqu'il ne les entendit pas arriver et qu'il fallut que le maire lui touchât l'épaule pour qu'enfin, en sursautant, il manifestât un signe de vie.

– Je vous amène quelqu'un.

Il souleva le buste en s'appuyant sur le coude pour dévisager l'inconnu.

– Ne bougez pas comme ça, vous allez vous faire mal, gronda celui-ci. Colonel Michel, Bernard Michel !

– Enchanté, colonel, répondit votre oncle qui grimaçait de douleur en lui tendant sa main.

Le colonel chaussa ses lunettes et, d'un air grave, se pencha sur ses pansements.

– Il nous est arrivé dans un état…

– Mais monsieur le maire, coupa le colonel, le Mercurochrome ne suffit pas dans ces cas-là. Attendez, j'ai ce qu'il faut !

Il se précipita vers le petit escalier de bois qui vacilla dangereusement sous le poids de ses souliers ferrés, martela le sol de la pièce froide et vide d'en bas, vouée à devenir un salon si on avait eu des meubles à y mettre. Le colonel remonta martialement la côte, sa grande silhouette voûtée pour ne pas effleurer les branches enneigées des arbustes, il disparut sous le porche menant au château. Dix minutes après, il revint sur ses pas, un tube dans la main, qu'il donna au maire.

– Tenez, voici de la pénicilline. Notre homme cicatrisera vite avec ça. Et surtout, doublez ses couvertures : de tous les êtres vivants, ces gens sont les plus sensibles au bacille de Koch, vous ne me croyez pas ?

– Oh, comment oserais-je, colonel ?

– Bon, je vous le laisse, je dois retourner à mon cheval.

Il se tourna vers le malade :

– Vous aimez le thé ? Vous aimez le jeu de dames ? Alors, vous viendrez me voir. (Puis il pointa son doigt vers les bandages.) Pas tout de suite, bien entendu.

Quand ses plaies cicatrisèrent et qu'il eut la force de descendre l'escalier pour mettre le nez dehors, sa première visite fut pour nous, avant le colonel et même avant le maire. Personne, ni lui ni nous, n'avait rien fait pour ça. C'est simplement que nous étions les voisins les plus proches puisque sa porte ouvrait sur notre rue, alors que pour communiquer avec les Pascal, il lui fallait longer le trottoir du pâquis. Je le vis alors que je m'amusais à observer à travers la vitre le jeu de couleurs que le soleil faisait avec les stalactites de neige suspendues aux branchages. Il traversa la route et fonça directement vers notre maison, cogna contre la porte trois coups secs. Je me précipitai vers le salon où mes parents écoutaient la radio.

– Que t'arrive-t-il ? demanda ma mère, complètement affolée.

– Il est là !

– Qui, bon Dieu ?

– Lui, papa ! Le nègre !

Il se tenait toujours devant la porte, les bras réunis sur la poitrine, entrechoquant ses chaussures contre les marches du perron pour en ôter la neige. Papa ouvrit et le fit entrer. Il se débarrassa de sa capote et s'assit lentement à la place qu'on lui indiqua.

– Il fait bon, chez vous. C'est pour cela que je viens. Aussi pour bavarder un peu.

– Je comprends. Le colonel nous a dit que vous supportez encore moins la solitude que la tuberculose.

– Et ceux d'entre nous qui n'ont plus à qui parler se mettent à parler aux arbres.

– Nous sommes la civilisation du silence.

– Cela vient de l'hiver, le silence.

– Pas du sang ?

Il se mit à rire en se saisissant de la tasse de chicorée que venait de lui tendre maman. Je remarquai dès ce jour-là qu'il poussait un rire instinctif et vague à chaque fois qu'on lui posait une question qui ne lui plaisait pas.

— Comment c'est, chez vous ?

— Le toit ne laisse pas passer la neige, et le poêle tient bon, monsieur Tergoresse.

— Je suis sûr que vous vous habituerez vite ici.

— On ne s'habitue pas à l'hiver, madame. Pour le reste, je ne ferai pas le difficile. Crève-toi un œil si tu veux vivre au pays des borgnes, me disait ma mère. C'est loin, Chaumont, d'ici ?

— Oh, je m'en suis jamais occupé. Faudra qu'on demande, n'est-ce pas, Adélaïde ?... Heu, oui, elle s'appelle Adélaïde et moi, c'est Léon, Léon Tergoresse, et voici notre fille, Germaine !

— Moi, je n'ai pas besoin de me présenter, tout le monde me connaît déjà, et il découvrit ses dents blanches dans un grand éclat de rire.

Papa se contenta de sourire pendant qu'il se penchait vers la radio pour élever le son. On entendit Lys Gauty chanter *Le chaland qui passe* puis le journaliste annonça quelques nouvelles brèves. On apprit que Robert Baden-Powell, le père du scoutisme, était mort et que tous les Français nés en 1921 devaient passer huit mois en chantier de jeunesse. Puis ce fut le *Maréchal, nous voilà*, donné par un chœur de gamins aux voix poussives et enrouées. Un long discours s'ensuivit : Pétain inaugurait un jardin d'enfants.

— Vous pensez que cette amitié franco-allemande va durer longtemps ?

— La hyène et le bouc sont condamnés à s'entendre, monsieur Tergoresse, tant du moins que la patte de l'un se trouve dans la bouche de l'autre.

– Vous parlez tous comme ça en Afrique ?

– Seulement les plus âgés, madame !

– Que ferez-vous après la guerre ?

– Retourner en Guinée, fonder un foyer pour les Africains à Paris, songer à me marier… Je ne sais pas. Pour l'instant, c'est la guerre.

– Mais la guerre est finie, monsieur.

– Eh bien, il faudra la rallumer !

– Oh, vous parlez comme les gens de Londres.

– Les gens de quoi ?

– Oh, des énergumènes partis chez les Anglais pour soi-disant nous libérer des Allemands. Eh bien, moi je vous dis, monsieur, que si on veut nous libérer des Allemands, on va partout sauf chez les Anglais. A-t-on jamais vu un Anglais libérer quelqu'un de quelque chose ?… Pardonnez-moi, je commence à m'énerver !

– Vous avez déjà été à Londres ?

– Euh, non ! (Il montra le poste TSF.) Juste par la radio ! Vous pouvez venir écouter si cela vous amuse. Je les capte tous les soirs à partir de vingt heures. Cela vous guérira de la solitude.

– Je viendrai, vu que je ne sais quoi faire de mes journées et de mes nuits surtout. Merci, monsieur Tergoresse. Rien de mieux pour remonter un homme qu'une bonne conversation. À bientôt !

– Passez quand vous voulez manger un morceau, si jamais y en a un. L'hiver a gelé les légumes, le mildiou a détruit les pommes de terre et quand il nous reste un kilo de blé, ce sont les Allemands qui viennent se rassasier. La France, elle va crever, monsieur, les Boches l'ont condamnée non pas à mourir de la guerre mais à mourir de faim.

Il avait entre-temps repris sa capote et se préparait à ouvrir la porte quand il passa sa main sur ma joue pour me demander :

– Vous êtes au lycée, Germaine ?

Je voulus ouvrir la bouche mais ma mère avait déjà répondu pour moi :

– Elle devait faire le bac à Nancy mais… (Elle n'acheva pas sa phrase, se contentant de lever les bras au ciel.) Vos habits, vous savez, vous pouvez me les donner à laver.

– C'est que je n'ai pas d'habits, madame.

Il rit de nouveau, du même rire total, énergique et entraînant que tout à l'heure dans le salon, puis il fit quelques pas et disparut dans le bas du pâquis, après l'angle de la buanderie.

– C'est sûr, il va chez le maire, murmura ma mère.

– Où veux-tu qu'il aille autrement ?

C'est cette nuit-là que brûla le poulailler de Cyprien Rapenne.

Le colonel le reçut quelques jours après. Comme il tardait à s'annoncer, il vint le chercher lui-même. Alors qu'ils passaient devant chez nous, papa fit une blague :

– Ce n'est pas gentil, colonel ! Vous nous enlevez notre hôte alors que nous venons de recevoir quelques grammes de viande.

– Rassurez-vous, je vous le rendrai le plus vite possible. Il nous est devenu plus difficile de nous nourrir que de vaincre les Allemands. C'est le régime sec pour tous, y compris la hiérarchie.

Ce que nous appelons le « château » était en vérité une grande maison bourgeoise qui en imposait au reste du village. On entrait d'abord par une vaste salle contenant une panoplie d'objets bizarres, des outils sans doute que le colonel utilisait pour fabriquer des médailles. Il y en avait de toutes les couleurs, et de toutes les formes. Certains avaient l'air de ressembler à des presses, d'autres à des poinçons ; d'autres encore à des tenailles, à des alènes, à des vilebrequins, mais tous laissaient échapper une odeur de cire et de métal fondu. Après cela, un escalier en colimaçon menait à l'entresol où se tenait le salon et où le colonel recevait ses rares visiteurs en leur proposant du thé et une partie de dames. Et l'on devinait les nombreuses chambres là-haut où personne n'avait jamais mis les pieds et qui, de tout temps, avaient nourri d'incroyables légendes. Des histoires de vampires au temps de nos grands-pères, des histoires de momies depuis que le colonel était là, surtout depuis qu'il avait perdu sa femme. Peut-être que ce n'était pas sa femme qui était dans la tombe mais quelques kilogrammes de médailles, qu'il l'avait probablement embaumée et placée au milieu d'une de ses grandes pièces ornées de tapis rouges, de statuettes hindoues et de candélabres et où il passait les nuits à lui réciter des poèmes.

Une jeune femme maigrichonne à la beauté négligée lui servait de bâbette, et il se racontait pas mal de ragots à leur sujet.

À leur arrivée dans le salon, le colonel actionna une clochette et la bâbette apparut dans toute sa pâleur au bas du somptueux escalier menant là-haut, avec ses marches en bois de chêne recouvertes d'un long ruban de drap rouge aux franges colorées d'un vif jaune d'or.

– Monsieur m'a demandée ?

– Servez-nous du thé, Odette, et tâchez de nous trouver quelque chose à manger, quelque chose de bon, je reçois un héros.

Puis il se dirigea vers le billard et déplia une carte militaire.

– J'ai entendu parler des exploits du 12e RTS. Voulez-vous m'expliquer ?

Il plaça des soldats de plomb de part et d'autre d'une ligne allant des Ardennes aux Vosges puis il lui tendit la baguette.

– C'est bien facile, colonel, voilà où nous nous trouvons dans la nuit du 13 au 14. Rudes contacts dès le petit matin. Nos premières grosses pertes, mon colonel. La nuit, nous amorçons notre repli entre la Saulx et l'Ornain.

– Mais nom de Dieu, vu les positions et la vitesse de l'ennemi, pourquoi n'avez-vous pas replié l'après-midi ?

– Il fallait déjà se trouver un chemin. Les réfugiés, mon colonel, ça venait de partout, et ces idiots ne savaient pas dans quel sens aller !

– Entre la Saulx et l'Ornain comme entre le marteau et l'enclume !

– Ce ne sont pas les adjudants qui donnent les ordres, colonel.

Ce n'était plus un billard mais un champ de bataille, un vrai, qui avait accaparé leurs pensées et leurs émotions. Odette, qui avait sans doute peur de se blesser aux pointes acérées de leur jargon, tournait autour d'eux comme on tourne autour d'un barbelé. Elle époussetait un guéridon, ajustait un rideau et servait des boissons et des amuse-gueules auxquels ils ne pouvaient faire attention.

– Au cours de la nuit, nos éléments de tête atteignent la transversale Andelot-Neufchâteau tandis que les éléments arrière se trouvent sur la ligne Joinville-Houdelaincourt.

– Hum, hum, pas mal, pas mal ! Voyons voir… Je comprends parfaitement votre positionnement sur le pont de Harréville mais mon Dieu, ce PC à Vrécourt, n'eût-il pas été mieux à Malaincourt ?

– La journée du 17 est calme. À dix-neuf heures, ordre de poursuivre le repli vers Bains-les-Bains. À minuit, contrordre : nous devons revenir sur nos pas et réoccuper les positions que nous venions de quitter. Le 18, notre PC est transféré à Malaincourt.

– Enfin !

– Vers minuit, nouveau contrordre…

– Ah, c'est la faute de nos écoles militaires, adjudant ! Le niveau des examens y a considérablement baissé… Vous avez écouté leurs communiqués de guerre ? Truffés de fautes d'orthographe. Non, non, c'était écrit, nous ne pouvions pas la gagner, cette guerre.

À ce moment, il sursauta et écarquilla les yeux pour regarder les quatre coins de la pièce avec le même effarement que s'il venait d'y débarquer.

– Oh, Odette, merci ! Écoutez-moi ça, adjudant !

Et Addi Bâ reconnut une musique entraînante et mélodieuse qu'il ne lui avait jamais été donné d'écouter.

– De la marche libanaise, la musique militaire de là-bas ! Rien à voir avec ce que vous pouvez entendre par ici !

Il l'invita à s'asseoir et lui servit du lait à la grena-
dine puisqu'il ne buvait pas d'alcool.

Odette commença par une salade de pissenlits puis
elle apporta un délicieux gigot d'agneau accompagné de
légumes verts et pour finir, un plateau de cancoillotte
garni de dés de poire.

– N'en parlez surtout pas dehors, vous pourriez me
faire lyncher. C'est juste pour honorer le guerrier de la
Meuse que j'ai sorti le buffet d'avant-guerre. Demain,
je vous le promets, ce sera du pain perdu après de la
soupe de poireaux…

– De quelle colonie, adjudant ?
La question fut si brusque que l'adjudant ne comprit
pas tout de suite.

– Soudan, Dahomey, Congo ?
– Guinée ! Guinée française, colonel !
– Ah, les sources du Niger et du Sénégal, la presqu'île
de Kaloum, le massif du Fouta-Djalon ! De quel village ?
– De Bomboli ! de Pelli Foulayabé, plus précisément,
un hameau à côté !
– Bomboli, c'est vers Pita, ça ! Et attention, ne jamais
confondre avec Bombori qui se trouve en Oubangui-Chari,
à la frontière du Soudan et surtout avec Bombona qui,
lui, se trouve en Haute-Volta, pas loin de la Gold Coast !
– Chapeau, colonel, vous en savez plus que moi.

Ils restèrent jusqu'aux confins de l'aube à boire du
thé et à jouer aux dames. Il lui parla de ses aventures
à Cotonou et à Saint-Louis du Sénégal, de ses chasses
au lion, au Niger, de ses expéditions au Hoggar et au
Tibet ; surtout de sa somptueuse vie orientale alors
qu'il était gouverneur militaire de la ville de Beyrouth.

Avant de le raccompagner à la porte, il lui montra le portrait d'une femme accroché au-dessus du piano.

– Une lointaine cousine, déportée un moment en Nouvelle-Calédonie pour activités subversives. On m'aurait demandé de la fusiller, je l'aurais fait sans hésiter. Pas vous, adjudant ?

– Mais si, colonel, mais si !

– Ah, ah, je savais que vous m'auriez répondu ainsi. Votre uniforme est superflu, cela se voit de loin que vous êtes né soldat !

Papa, aidé du maire, se démena pour lui trouver un carnet de ravitaillement et des chaussures à sa taille. Maman remonta de la cave les taies d'oreiller, les rideaux usés, les vieux draps de lit et les vestons de grand-père. Je pris le temps de lui coudre des chemises et des pantalons ainsi que deux vestons de drap et un manteau de peau de lapin. En plus de cela, je lui tricotai des pull-overs et des socquettes. Mais je m'étais fatiguée pour rien. Il continua de porter sa tenue de tirailleur malgré les récriminations du maire, malgré la frousse que cela inspirait aux voisins. Qu'est-ce qui ne nous serait pas arrivé par sa faute si on ne se trouvait pas à Romaincourt, ce bled perdu où rien ni personne n'arrivait, même pas les bombes, même pas les chiens des Boches, même pas la rumeur du monde ?

Il déborda des limites du village dès que papa eut le malheur de lui offrir un vélo (c'était, en vérité, celui qu'avait acheté mon cousin André, le frère de Pascal, juste avant que son père et lui ne partent en déportation) et Romaincourt, dès lors, courut un sérieux danger. Sillonner les Vosges occupées par monts et par vaux, revêtu de son uniforme et juché sur un vélo, vous vous rendez compte ?

– Ôtez-moi ça, mais ôtez-moi ça, bon Dieu ! Vous allez nous faire fusiller ! lui criait le maire.

Il se mettait en civil pour quelques jours, mais très vite ses caprices de soldat le reprenaient, et de nouveau le colonel exultait et de nouveau le maire s'arrachait les cheveux. Comment malgré cela Romaincourt a-t-il échappé aux représailles de la Gestapo ? Cette question, qui revenait souvent dans les bouches, faisait bouillir de colère mâmiche Léontine :

– Oye, oye, oye ! Mon Dieu ! Qu'ils lui foutent la paix, les Jestapo. Il a le droit de mettre les affûtiaux qu'il veut !

– Ce ne sont pas de simples affûtiaux, mâmiche ! C'est un uniforme, une tenue de guerre !

Dans ces cas-là, elle ne me répondait pas. Elle ne répondait que quand elle savait qu'elle allait avoir raison. À ses yeux, de toute façon, Gestapo ou pas, votre oncle ne pouvait avoir tort. Elle l'appelait « le sergent » parce que dans sa bouche d'Alsacienne, c'était beaucoup plus simple à prononcer.

La première fois qu'il est entré chez elle, elle s'était contentée de lui indiquer un siège et de lui tendre une aouatte de chicorée. Puis elle s'était retournée vers ses broderies et après un bon moment, avait prononcé des mots incompréhensibles pour lui (« z'avez vu la chaouée de ce matin ? ») juste pour rompre le lourd silence qui s'était mis à les écraser.

– Vous brodez comme une fée, mâmiche.

– Vous m'appelez « mâmiche » aussi ? Bon bé, comme ça vous serez deux avec Germaine vu que l'André, les Boches l'ont emporté et que le Pascal, il cause plus grand-chose.

– Vous voulez que je vous aide ?

– Vous savez broder ?

– C'est mon père qui m'a appris. Vous savez, mâmiche, chez nous c'est un travail d'hommes. Le plus noble des métiers, disait mon père.

– Môn ! C'est que, alors, vos femmes ont toutes déserté !

– La broderie, c'est pas leur affaire, mâmiche !

– J'aimerais pas voir ça, moi, un homme qui brode !

Au début, elle devait être méfiante, intimidée, et lui, toujours si réservé qu'il donnait le sentiment à ceux qui ne le connaissaient pas qu'il les prenait de haut, qu'il faisait le nâreux comme disent les gens d'ici. Il leur fallut du temps, beaucoup de temps pour arriver à briser la glace. Dès lors, il revint tous les soirs chez elle pour broder, avaler un frichti ou tout simplement parler de la neige, de la pluie et encore de la pluie.

Elle habitait cette maison à colombages que vous voyez dans le haut du pâquis, la dernière de ce côté-ci du village, juste avant la crête de la Sapinière. Papa, qui avait un sens religieux du sang, me la montrait tous les matins en disant avec une émotion teintée de fierté : « Le voici, le berceau des Tergoresse ! » Ce sang qui coule dans nos veines, sa mère l'avait assumé et transmis avec dévouement, binant, sarclant, pilant et frottant matin et soir, silencieuse et obstinée comme toutes les femmes de son temps, soumise au clan, fidèle à son mari. C'était une vraie Lorraine malgré ses lointaines origines alsaciennes. Une seule année lui avait suffi pour se fondre dans Romaincourt, adoptant

sans rechigner son bonnet patenasse, ses macarons et
ses bergamotes, son vieux patois râpeux qu'elle pro-
nonçait à l'alsacienne, ce qui suscitait le mépris des
gens d'en bas (entendez, les Rapenne) qui, plus d'un
demi-siècle après son arrivée, continuaient de l'appeler
« l'étrangère ». Elle en avait accepté la vie mesquine
et rude, fouettée par les vents, écorchée par les guerres
et par les tempêtes de neige, moulée dans la routine
et dans la promiscuité. Elle avait jusqu'au bout fait
son devoir d'épouse et de mère, mieux encore après
la mort de pâpiche que de son vivant, et maintenant
elle tendait un biberon imaginaire, tentait comme elle
pouvait de servir de racines et d'ombrage à cet Africain
que personne n'avait prévu et qui, à un continent d'ici,
n'avait ni frère ni sœur, ni héritage ni mère. Rien que
la triste musique de la neige, rien que le gouffre sans
fond de la guerre. Je me souviens qu'un jour, elle lui
avait dit, sans oser le regarder en face :

– Aviez-vous déjà vu la neige avant d'arriver chez
nous ?

– Oui, oui. À Langeais !

– Y avait déjà la guerre là-bas ?

– Non, j'étais encore tout petit.

– Vous voulez me dire que c'est là-bas que vous
avez grandi ?

– Pardonnez-moi, mâmiche, mais j'y suis arrivé à
l'âge de treize ans.

– Vous avez quitté l'Afrique tout seul à l'âge de
treize ans ?

– Non, je suis venu avec mon père, enfin celui que
je devais appeler ainsi.

– Il était tirailleur aussi, votre père ?

– Vous ne m'avez pas compris, mâmiche, ce père-là

était un Blanc, comme vous, comme Germaine, comme la neige qui est juste là dehors.

Mâmiche ravala bruyamment sa salive et se tut. Elle était ainsi, mâmiche, elle se barricadait dans le silence quand les choses devenaient dangereuses et compliquées. Ils brodèrent tandis que je m'occupais de faire bouillir les marrons. La conversation reprit un bon quart d'heure plus tard mais en glissant prudemment vers des sujets moins énigmatiques, moins épuisants pour l'esprit. Nous partageâmes le morceau de pain noir et la purée de marrons chauds mais à l'heure de se séparer, mâmiche revint à l'attaque mais debout, cette fois, et toute l'énergie de son regard brûlant le visage du Noir :

– Vous voulez me dire que tel que vous êtes, votre père est quand même un Blanc ?

– Et pourtant, c'est bien cela.

– Comment ça ?

– À cause du devin.

– Du devin ?

– Du devin, mâmiche !

Le lendemain, il revint broder et avaler un frichti. Mâmiche, le voyant se préparer à repartir, renoua son tablier comme pour affronter une bagarre.

– Maintenant qu'on se connaît, pouvez-vous me dire franchement comment on peut vous appeler ?

– Addi ! Addi Bâ !

Et bientôt, les enfants cessèrent de pleurnicher en se cachant les yeux, les hommes de hâter le pas, les vieilles femmes de se camoufler derrière les rideaux quand ils le voyaient passer. Il devint en quelques mois, et l'on ne savait trop par quel tour de magie, un élément familier du décor au même titre que le fronton de l'église ou les piliers de la buanderie. Même les cheûlards de *Chez Marie* qui passaient leurs journées à faire des blagues salaces sur tout ce qui n'était pas d'ici, en vidant leurs godets de gnole, changèrent leurs propos et leur attitude.

Il devint un Romaincourtien, comme nonon Totor et moi, qui prenait son petit déjeuner chez le maire, déjeunait chez nous, dînait chez mâmiche, recevait les visites de Yolande Valdenaire et, deux trois fois par semaine, allait faire une partie de dames chez le colonel.

Seul ce foutu uniforme de tirailleur, cette horreur qui avait le don de briser le cœur du maire, le distinguait encore des autres. Ses après-midi, il les passait chez Pascal et cela devint un véritable rituel après la naissance de la petite, je veux dire de la Pinéguette. À vrai dire, on ne l'appelait pas encore ainsi, on disait « la petite à Pascal » ou simplement Dominique, le nom que sa garce de maman lui avait choisi. Il allait y écouter une dizaine de fois de suite *Tango de Marilou* de Raymond Marino en parlant avec Pascal ou en dorlotant le bébé que sa maman abandonnait souvent pour aller faire ses courses, si vous voyez ce que je veux dire. Il était devenu, je l'avoue, le seul lien entre cette maison-là et le reste du village. La garce, personne n'en voulait, et le Pascal, ma foi, nous respections sa volonté de se retirer du monde, surtout que cela nous crevait le cœur de le voir dans l'état où sa diablesse l'avait mis.

Ça se comprend qu'elle ait fini par croire, en grandissant, qu'il s'agissait là de son véritable père, surtout qu'il y avait cette photo, surtout que l'Étienne, avant son premier mariage, se répandait dans les couarails pour répéter même à ceux qui ne voulaient pas l'entendre ce que la putasse lui avait confié alors qu'ils se trouvaient tous les deux sous les sapins, étalés sur la litière, serrés comme des cheveux, aussi nus que s'ils venaient de naître. Mais elle avait dit ça pour crâner, pour en mettre plein les yeux à ce jobard d'Étienne qui arrivait dans la vie sans guide et sans rien connaître des femmes.

Les gens savaient que c'était impossible, qu'elle ne pouvait pas être sa fille. Votre oncle est arrivé ici les premiers jours de janvier, elle est née le 4 juillet suivant. Expliquez-moi comment elle aurait pu naître de lui sans rien qui le prouve, rien : rien d'un enfant prématuré, rien qui rappelât les têtes ensoleillées de l'Afrique ! Quand plus tard, alors qu'elle allait sur ses huit ans, on le lui fit remarquer, elle bondit sur ses deux pattes comme un chaton en danger et, le regard en flammes, postillonna sur nos visages : « Vous verrez, à mes dix ans, comme je serai noire ! »

Et quand elle eut dix ans, on entendit, sortant de la même petite bouche : « Vous verrez, à mes quinze ans comme je serai noire ! »

Ça se comprend qu'elle ait fini par le croire : il fut le seul à déposer sur son petit corps quelque chose qui ressemblât à une caresse. D'autant que l'illusion qu'elle pût provenir de Pascal, qu'un moment sa mère avait entretenue, fut vite emportée par le souffle de l'évidence. L'enfant, devant un miroir, ne renvoyait rien qui pût rappeler Pascal. Si au moins, elle ressemblait à sa mère ! Si jamais elle ressemblait à quelqu'un, eh bien, ce quelqu'un n'a jamais été vu dans ce canton-ci.

Du berceau à la tombe, sa vie fut un véritable enfer, Monsieur. Mais était-ce de notre faute si tous les regards lui étaient hostiles, si elle sortait de l'école sous une volée de projectiles et sous les huées de ses petits camarades ? « La bâtarde sur le toit ! La bâtarde sur le toit ! »

Non, nous n'y étions pour rien. Elle était née bâtarde, elle était née sous le sceau de la malédiction, la malédiction la poursuivrait jusqu'au bout.

Pauvre Romaincourt qui ne savait pas ce qu'il faisait, qui était loin de se douter qu'il y aurait un revers ! Vers ses dix ans, cela, personne n'avait eu la présence d'esprit de le remarquer, elle était devenue une véritable petite panthère : des yeux rouges, un cœur féroce, des biceps de bûcheronne et des griffes de dix centimètres de long. À présent, elle pouvait nous renvoyer à la face les flots de fiel que nous avions sans cesse, depuis sa naissance, déversés sur elle. Elle commença par mettre le feu aux pourceaux, à ouvrir les étables pour détacher les bœufs. Puis elle barbouilla nos vitres d'excréments et monta au sommet de l'église pour faire sonner les carillons. À dix-sept ans, elle mit le feu au silo et à vingt ans nous gratifia de son premier meeting : « On l'a vendu aux Allemands et quand il a été fusillé, on n'a rien fait pour lui : ni médaille, ni citation, même pas un petit bout de plaque à son souvenir. Vous savez pourquoi ? Parce qu'il était noir. Bande de racistes ! »

On ne comprenait pas ce qu'elle voulait dire. Pour nous, elle avait juste trouvé une nouvelle belle occasion de se foutre de notre gueule.

Maintenant qu'elle est morte, maintenant que vous êtes là, qu'une belle plaque brille sur la maison où il a vécu, celle-là même où elle a grandi, ce n'est plus tout à fait la même chose. Personne ici ne savait ce qu'il faisait, personne ne se doutait que nous hébergions un héros. Les héros ne le sont qu'une fois qu'ils sont morts, n'est-ce pas ?

Seulement, elle n'expliquait jamais, la Pinéguette, elle terrorisait.

Et à l'époque, il était loin de sa tombe. Il se levait de bonne heure, passait chez le maire, puis chez mâmiche, puis il venait ici écouter la radio et de temps en temps, on le voyait disparaître sous le porche du château pour une partie de dames. Et puis, sans que l'on sache trop pourquoi, il devint ce fantôme juché sur un vélo que l'on voyait aller et venir sans rien oser lui demander. Mâmiche, qu'un rien inquiétait, me murmurait à l'oreille comme si elle me livrait un code :

– Va voir un peu ce qu'il mamaille chez lui, le sergent. Il y a trois jours qu'il n'est pas venu prendre son frichti.

– Ton sergent, mâmiche, on l'a vu disparaître il y a trois jours et on ne l'a toujours pas vu réapparaître. Et ne me demande pas où il est passé, seul le bon Dieu le sait.

Yolande Valdenaire venait de temps en temps lui apporter des patates ou des radis. Maintenant, il l'appelait « maman » et elle, elle l'appelait « mon fils ». Elle arrivait sur la pointe des pieds, le rejoignait furtivement là-haut dans sa chambre. Puis il la raccompagnait jusqu'à la porte où ils s'attardaient une ou deux minutes à se chuchoter on ne savait quoi.

– Entre ces deux-là, le lien est de plus en plus court, s'inquiétait mâmiche Léontine de derrière ses rideaux. On finira bien par savoir ce qu'ils sont en train de feugner.

On finit en effet par le savoir mais seulement après leur mort parce que l'Étienne, il avait parlé, et parce que ceux de la ville s'étaient mis à écrire.

La première fois qu'il est venu chez nous, il avait à peine prêté attention aux grésillements de la radio mais des mois plus tard, ce n'était plus pareil. Il arrivait à vingt heures, passait en coup de vent dans le salon, tournait la tête du côté de la cuisine pour nous saluer, maman et moi. Puis il s'asseyait à côté de papa et tournait le bouton de la radio sans lui demander son avis.

Alors, il ne fallait surtout pas le déranger dans ces moments-là, hein ! Il se collait au poste, le regard dilaté et les oreilles bien dressées. Et vous sentiez qu'il n'était plus là, que son esprit s'était envolé, parti se confondre avec le réseau de fils compliqué qui emplissait l'appareil. Vous lui auriez mis une braise sur la joue, il n'aurait rien senti. Puis la voix de la radio se taisait, son visage prenait un air inquiet, on voyait la nervosité gagner ses paupières et ses doigts. Il levait les bras d'un air désolé, avalait ce qu'il y avait à avaler et partait se coucher avec la mine d'un chasseur revenu bredouille du gabion.

Ce genre de soirées énigmatiques et monotones se succédèrent un bon bout de temps. On entendait des discours puis de la musique, puis des discours puis de la musique, mais cette fois-là, il n'y eut pas de discours ni de nouvelles brèves. Une simple phrase prononcée d'une voix de dieu grec alternait avec la musique : « Pour l'épine, confiance ! »

Mais lui ne l'écouta qu'une seule fois. Il se leva, sans nervosité cette fois, salua papa et maman, me toucha la joue et sortit dans la nuit noire. Ce fut sa première longue absence. Elle dura une ou deux semaines. Il n'était pas facile de compter les jours à l'époque. Tout était sens dessus dessous, même l'agenda du bon Dieu.

Le monde faisait penser à une ratatouille qu'une longue cuillère céleste aurait mis des semaines à touiller. Des morceaux d'Afrique et d'Asie ici dans les Vosges et sans doute, des éclats des Vosges tombés là-bas chez les Zoulous ! Il suffisait de s'aventurer jusqu'à Vittel ou Épinal pour s'en rendre compte. On voyait passer les Croates et les Slovènes enrôlés de force dans l'armée allemande, les nègres, les Malgaches et les Indochinois qui servaient à ramasser le butin. Il y avait même des Hindous faits prisonniers à Dunkerque alors qu'ils se battaient dans l'armée anglaise et qui maintenant défilaient dans les side-cars des SS au cri de : « Angleterre dehors ! Vive l'Inde indépendante ! »

Cette période m'est d'autant plus mal connue que je partis bientôt pour Paris. Je ne revins que cinq ou six fois à Romaincourt, je suis au courant seulement de ce que l'on m'en a raconté après la guerre.

Je savais par les journaux que des tracts gaullistes ainsi que des ballonnets contenant la presse libre avaient été lâchés par les Anglais sur l'ensemble de la région. Je savais aussi par les lettres de maman qu'Addi Bâ devenait de plus en plus tendu, de plus en plus mystérieux, de plus en plus absent. Ce moment de sa vie m'est complètement étranger, beaucoup de choses m'échappent. Par exemple, pourquoi est-il resté chez lui alors qu'il savait que les Boches étaient à ses trousses ? La vie d'un tel homme ne se résume pas, Monsieur : trop vaste, trop sinueuse, trop incompréhensible, un vrai fleuve ! Il avait fréquenté tant de gens, traversé tant d'endroits avant de rencontrer l'Histoire ! Au fond, il avait mené une double, une triple vie avec Romaincourt. Celle que tout le monde lui connaissait se déroulait entre le château et la mairie, entre le pâquis et la rue Jondain, entre la rue de l'Église et la rue de l'École. Seulement, il y avait tout le reste qui se confondait avec la nuit, sa vie de don juan et celle de résistant. Cette part mystérieuse que l'on devinait sans rien dire ou que l'on suspectait des pires noirceurs en jetant des œillades et murmurant tout bas.

Cependant, les murmures s'étaient vite détournés de la garce, étant avéré qu'il était resté jusqu'au bout loyal avec Pascal et que la petite n'était pas de lui. On évoquait d'autres femmes, une veuve à Roncourt, une demoiselle à Vittel, une élégante à Martigny-les-Bains, une autre veuve à Fouchécourt… Après tout, il était jeune, vigoureux, élégant, exotique, et la guerre avait abandonné une foultitude de femmes esseulées, du fait des soldats morts au front et des récalcitrants que l'occupant avait envoyés en déportation. Il n'y avait rien à lui reprocher. Il aimait les femmes, elles le lui rendaient bien. Même Totor évitait soigneusement d'évoquer ce sujet délicat. Une seule fois, je l'entendis faire une remarque ; il avait passablement bu, il revenait de *Chez Marie* : « Ça ne m'étonne pas qu'il soit absent, le sergent. Vous savez, il a la broyotte bien ouverte, celui-là ! »

Mais au printemps suivant, quelque chose d'insolite se produisit dans un obscur bar de Martigny-les-Bains, *Le Café de l'Univers*. Ce soir-là, deux hommes sirotaient leurs godets de mirabelle en devisant à voix basse quand un monsieur d'un certain âge entra gauchement, hésita longtemps avant de refermer la porte et se diriger vers une table. Il enleva son manteau et ses gants, ajusta ses grosses lunettes cerclées, se frotta énergiquement les mains en laissant échapper une brume d'haleine, puis déposa sa lourde sacoche noire sous la table, et lentement déplia son journal sans lever les yeux vers le comptoir où s'affairait l'Alfred, le patron, ni en direction des clients qui, pour la plupart, jouaient aux cartes et fumaient tristement leur Gitanes maïs.

– Un café, s'il vous plaît ! fit l'inconnu quand Alfred se fut traîné jusqu'à lui.

Le regard surpris du patron et les rires qui fusèrent aux autres tables lui rafraîchirent la mémoire :

– Oh, pardon, un thé… ou alors une chicorée, ou bien…

– Un brûlot ! trancha le barman. Un brûlot au miel ! C'est tout ce que j'ai de chaud !

– Va pour un brûlot au miel.

– Plutôt frisquet, le printemps ! remarqua quelqu'un.

– Qu'ils emportent les patates et le blé si ça leur dit, mais qu'ils nous laissent la gnole ! rigola un autre.

Alfred retourna à sa place, tourna le bouton et colla son oreille sur la paroi de la radio sans plus faire attention à l'inconnu.

– On ne comprend rien !

Il tapota sur le poste pour faire cesser les désagréables crachotements qui en sortaient, puis redressa la tête et coupa le son, l'air dépité.

– Si on ne peut même plus capter Vichy !

On entendit plus nettement le bruit des verres, les mains frappant les tables en faisant retomber les cartes, et les tintements de la vaisselle que l'Alfred rinçait en sifflant une chanson triste.

Quelqu'un évoqua la visite que Doriot venait d'effectuer à Épinal.

– Où va-t-on ? s'emporta l'Alfred. Rendez-vous compte : ils ont volé deux mille cinq cents tickets de rationnement à Xertigny ! deux mille cinq cents !

– Ah, les fumistes ! Que vont-ils en faire à Londres ? Juste pour nous retirer le pain de la bouche !

Puis l'Alfred, qui commençait à ranger les tables, adressa un clin d'œil aux deux hommes et cria pour que tout le monde entende :

– Nom de Dieu, il a oublié sa sacoche, le monsieur à lunettes !

– C'est pas bien grave, l'Alfred, répondit un des deux hommes. Ce monsieur est notre voisin, nous allons la lui ramener, sa sacoche.

– Eh bien, puisque c'est ainsi ! Allez, les gars, je ferme et tâchez de ne pas vous laisser avoir par ces saboteurs de Londres.

Il passa près des deux hommes en faisant mine de balayer et murmura du mieux qu'il put :

– Pour rentrer à Lamarche, prenez par La Virolle !

Les deux hommes sautèrent sur leurs vélos et disparurent dans la nuit. À la hauteur de la forêt, une lumière rouge suivie d'une lumière verte troua la nuit. Ils freinèrent si brusquement qu'ils faillirent se renverser.

Quelqu'un sortit du bois pour se diriger vers eux. Il projeta la lumière de sa torche sur son propre visage : c'était le monsieur de tout à l'heure avec son chapeau et ses lunettes.

– Je devais être sûr que c'est bien vous qui avez récupéré la sacoche… Toi, tu seras Simon et toi, Alex ! Tenez, prenez ça ! on ne sait jamais.

Il leur tendit deux pistolets enroulés dans du papier journal.

– Quelqu'un viendra vous laisser un message, suivez bien ses instructions !

– La sacoche ? se risqua celui qui maintenant devait s'appeler Simon.

– Des tracts, beaucoup de tracts et des instructions sur la conduite à tenir : les mots de passe, les boîtes aux lettres, la façon d'organiser vos rendez-vous ! Allez, bon vent ! Ce mec du bar, êtes-vous sûr de lui ?

– Il est avec nous, ne vous inquiétez pas !

– Très bien, Simon, très bien !

Il retourna vers le bois et murmura ceci avant de disparaître :

– Autre chose : ne cherchez pas à me joindre, c'est à moi de le faire. Pour le reste, appelez-moi Gauthier. Simon, Alex et Gauthier, est-ce clair ?

Les autres grommelèrent en signe d'acquiescement, avant de remonter sur leurs bécanes.

Le lendemain, Simon alias Marcel Arbuger trouva une enveloppe dans sa boîte aux lettres. *La parole à l'Évangile.* Un mot de passe, sûrement. Le message ne s'arrêtait pas là. Il comportait aussi un plan avec des bourgs, des ponts, des routes, des fermes isolées et des carrefours, le tout à l'encre violette et rouge. En bas de l'échelle, une date et une heure. Le mardi suivant, Alex et lui se retrouvèrent devant un rustique portail de bois où l'on pouvait lire, gravé au fer rouge, *Ferme de la Boène*. Simon donna cinq coups secs sur le portail, les deux derniers très espacés. On entendit un bruit de toux puis un aboiement de chien. Un homme d'âge mur, robuste et légèrement voûté, vint vers eux en s'éclairant d'une torche.

– La parole à qui ?

– À l'Évangile.

– C'est bon, vous pouvez entrer.

C'était une ferme comme on en voit partout dans les Vosges, avec une maison principale autour de laquelle s'organisait le reste : les étables, la grange, la cabane à provisions et la remise à outils.

L'homme les orienta vers une dépendance située au fond vers la clôture, jouxtant les pâtures.

– Hé, l'Hélène, sers-nous à boire dans la grange et dis au petit de venir avec le cadeau.

Ils vidèrent une demi-bouteille de gnole en grignotant du lard.

– Alors, c'est quoi le cadeau ?

Le garçon déchira le papier kraft enveloppant l'objet qui avait la forme d'un cylindre, la taille d'une petite valise.

– Zut alors, siffla Simon. Une ronéo ! Ils n'y vont pas de main morte ! On peut concurrencer la propagande de Goebbels avec ça !

– Ils ont pensé qu'il valait mieux qu'on la cache ici. C'est moins risqué. Ici, il n'y a jamais de visite à part les chevreuils et les daims. Vous avez vu comme la grange est grande. On peut y loger cent à cent cinquante gars sans éveiller les soupçons.

– Montons voir là-haut.

– Non, vous, c'est la ronéo et les gosses. Alex pour les tracts. Le reste, c'est Lui.

– Qui c'est, *Lui* ?

– Ce n'est pas à moi de vous le dire.

Ils branchèrent l'appareil, enfournèrent une rame de papier avant de mettre en place le papier carbone et l'encre. L'essai fut concluant. Une vraie merveille, cette mécanique, aussi bien dans les granges de campagne qu'au plus profond d'une forêt.

Alors qu'ils allaient partir, Simon se risqua à poser la question qui lui brûlait les lèvres :

– Quand est-ce qu'on pourra le voir, *Lui* ?

Le fermier hésita, jeta un regard soupçonneux aux quatre coins de la grange.

– Mardi, à dix-huit heures, une femme vous attendra près de la fontaine de Saint-André-les-Vosges. Elle aura un fichu noir, un manteau gris et une ombrelle dans la main gauche. Dites-lui : « Tonton a baptisé le benjamin. » Elle répondra : « Je sais. Quelle drôle d'idée pour un laïc ! »

Une semaine plus tard, suivant les consignes données par la dame au fichu noir, ils se rendirent sur le perron de l'église de Romaincourt où ils trouvèrent votre oncle, assis, emmitouflé dans sa légendaire capote.

– Pour les jaunottes ?

– Allez voir Totor !

Il se leva, glissa dans les mains de Simon un papier plié en quatre et disparut.

– Mais c'est un Noir ! s'écria Alex.

– C'est la guerre, se contenta de répondre Simon. C'est la guerre.

Tout cela a l'air ridicule aujourd'hui, pas à cette époque-là. Sachez, Monsieur, que des gamins avaient été arrêtés pour avoir décroché une croix gammée, des femmes et des hommes étaient partis en déportation parce qu'ils écoutaient Radio-Londres ou avaient prononcé le nom de De Gaulle.

Ils attendirent de sortir du village pour déplier le papier. C'était un plan hâtivement griffonné à l'encre violette, qui conduisait à la cabane du gardien de chasse, celle où il s'était réfugié avant d'arriver ici et où se tiendra la toute première réunion clandestine du réseau.

Gauthier appartenait à *Ceux de la résistance.* Il s'appelait Mayoux en réalité. Il était né à Lyon mais enseignait l'anglais à Nancy. Je n'en entendrai parler que longtemps après la guerre. Souvenez-vous que j'étudiais à Paris et vous devinez bien que, même si je me trouvais à Romaincourt, je n'aurais entendu parler de rien. Fermer la bouche, les oreilles et les yeux, c'est ce que les gens savaient faire le mieux. C'est d'ailleurs ce qu'il y avait de mieux à faire.

On en sait un peu plus à présent sur cette mystérieuse tranche de vie de nos belles et chères Vosges. Les archives sont là. Ceux qui n'ont rien à cacher ont parlé. Ceux qui se sont battus sont maintenant connus, y compris votre oncle, soixante ans après, il est vrai, et après beaucoup de difficultés, grâce à la Pinéguette. Ils sont là sur les stèles, les places publiques, dans les venelles et les rues, avec des mots qui prouvent qu'ils ne sont pas morts pour rien. On ne peut pas en dire de même pour les autres, voués à l'opprobre, à l'anonymat, au mépris, à l'éternelle suspicion. Les autres, ce sont les lâches, les résignés, les compromis. Certains ont été tondus, pendus ou fusillés sous les huées et les crachats. Il en reste encore de ces salauds, courbés sous le poids de la frousse, tapis dans la futaille de la honte, condamnés à vivre sous l'œil accusateur des voisins. Peut-être que ce ne sont pas eux, peut-être que c'est quelqu'un d'autre. Comment le savoir ? Ils vivent dans le monde des petits où rien n'est jamais clair.

Vous avez été à Épinal, vous avez visité le mont de la Vierge, vous avez photographié la stèle.

Vous avez lu son nom gravé là-dessus, à côté de ceux d'Arbuger et de bien d'autres. Ils furent moins de soixante, fusillés au même endroit.

Vous savez maintenant comment ils se sont rencontrés. Je vais essayer de vous dire comment ils ont résisté, et comment les Allemands les ont cueillis.

Mayoux, vous l'avez deviné, était le contact de Londres pour la Lorraine. Sa toute première mission fut de mettre en place un maquis dans les Vosges. Pour les gens de Londres, elles représentaient beaucoup d'avantages, les Vosges : tout près de la Suisse, des forêts épaisses, prolongeant celles de la Haute-Marne, et pouvant abriter de nombreuses pistes clandestines, des ballons d'un grand intérêt stratégique et des rivières faciles à traverser ; de robustes et discrets paysans habitués à la disette et au froid, littéralement endurcis par les épidémies et les guerres.

Mayoux entendit parler de Marcel Arbuger qui mit Froitier dans le bain, parce que c'était son ami, parce qu'il n'avait personne d'autre sous la main. Voyez-vous, Monsieur, ce que l'on appelle aujourd'hui « la Résistance » avec beaucoup d'emphase n'était encore qu'une plaisanterie, une belle rigolade. On entendait quelques jeunes exaltés taper du poing sur la table après quelques verres de mirabelle : « Nom de Dieu, battons-nous ! »

On promettait de poser une bombe à la Feldkommandantur, on envisageait de rejoindre Londres puis on en restait là jusqu'à la prochaine cuite. Le pays était à terre, Monsieur. Aucune issue sinon la débrouille, la lutte pour la survie quotidienne. On pouvait trahir le frère, déporter l'ami en Allemagne pour un ticket de ravitaillement, un kilo de patates. Il y avait les collaborateurs heureux et puis il y avait les autres, ceux qui enrageaient en silence, rongés par l'impuissance et la frustration, persuadés qu'il fallait se battre mais incapables de dire comment procéder, convaincus qu'il fallait des armes mais ignorant où les trouver. Les gens de Londres, à peu près aussi désemparés qu'eux, savaient qu'ils étaient les seuls sur lesquels ils pouvaient compter, à condition de les organiser, de les préparer et de les armer. Ces anonymes pareils à vous et moi, qui n'avaient jamais pensé faire un jour la guerre, qui n'en avaient jamais rêvé, qui ne l'aimaient pas, sont les héros d'aujourd'hui.

Ainsi, Arbuger n'avait probablement jamais écouté Radio-Londres, mais lorsque Nancy lui envoya un premier signal, il répondit oui sans hésiter. Il pensait qu'il fallait se battre. Seulement, il ne s'était jamais battu. Il n'avait jamais tenu une arme entre ses mains.

Après une semaine folle de rendez-vous aléatoires, ponctués de mots de passe et de parties de cache-cache, Arbuger se retrouva seul à seul avec la fameuse sacoche, posée comme un piège dans un coin de son petit appartement de Lamarche : exalté, désemparé devant cette chose fascinante et grave qui renfermait la liberté et la mort.

Son regard s'attarda longuement sur les angles écornés, le papier bon marché, les caractères à peine lisibles et mal dactylographiés, les marges tachées de papier carbone. Il s'attendait peut-être à y trouver le remède de la terrible angoisse qui commençait à l'étrangler.

« Votre mission est de créer le premier maquis des Vosges. »

Il s'imaginait que la chose serait plus facile. On venait de lui offrir un merveilleux outil, on avait malheureusement oublié d'y joindre le mode d'emploi.

Il resta assis là jusqu'aux confins de l'aube, les pensées entrecoupées de somnolences. Mais en rejoignant le lit conjugal, il savait qu'à son réveil, sa vie ne serait plus jamais la même.

Addi Bâ, à présent, avait achevé son enracinement dans les Vosges. Il sillonnait le pays de ferme en ferme, de fromagerie en fromagerie, participant aux communions et aux deuils ; il gagnait les hameaux de nuit pour voir en cachette tantôt ses partisans, tantôt ses nombreuses amantes. Les gens le recevaient en sachant qu'il ne fallait lui servir ni cochon ni alcool car il était musulman, ni sirop de mirabelle car il détestait ça. Ils savaient surtout qu'il ne manquerait pas de leur poser des questions saugrenues sur Chaumont, l'unique occasion peut-être où l'on en venait à douter de sa santé mentale. « Personne ne peut sortir indemne d'une telle catastrophe », disait-on pour l'excuser, en pensant évidemment à la bataille de la Meuse.

Comme je vous l'ai dit, Yolande Valdenaire venait de temps en temps le voir à Romaincourt, cela dès que le bruit de sa présence eut commencé à courir. Mais on ne savait jamais si c'était elle ou son fantôme, tant sa silhouette semblait virtuelle, ses pas feutrés, et ses disparitions rapides. Elle apparaissait comme une lueur du côté de la buanderie, se confondait quelques fractions de seconde avec les troncs d'arbres et les murs, puis sans bruit, elle entrait chez votre oncle, à croire qu'elle avait traversé le mur au lieu d'ouvrir la porte.

Quand elle ne venait pas, c'est lui qui allait à sa rencontre, et on les apercevait marchant l'un à côté de l'autre, se chuchotant on ne savait quoi de dangereux ou de répréhensible : à la gare de Merrey, à la fontaine de Saint-André-les-Vosges, sous les buissons de la crête de la Sapinière et dans ce pays où chaque vitre compte une dizaine de paires d'yeux, on ne parlait plus que de ça. Que faisaient-ils, que pouvaient-ils bien faire ensemble ?

De la résistance, de la résistance, pardi !

Il fallait faire passer les armes, les tracts, et les messages codés sous la barbe des SS. Il fallait braver les patrouilles et les intempéries, se rencontrer dans les lieux les plus insolites, se confier à des inconnus qui pouvaient être des mouchards ou des amis, sacrifier ses loisirs et sa vie de famille, risquer à chaque instant le poteau ou la chambre à gaz... Tout cela relevait de la folie ou de l'impossible, tout cela vous pompait l'énergie, vous foutait les nerfs en l'air, mais cette résistance-là, somme toute, leur paraissait moins harassante, moins dangereuse que l'autre, celle qu'en secret ils menaient tous les deux pour échapper à l'abîme...

C'est que les mois avaient défilé depuis le bois de Chenois, et beaucoup de choses avaient changé. À Petit-Bourg, le désastre pressenti par l'Étienne gagnait chaque jour du terrain. S'il n'avait pas encore atteint le grenier, il avait largement dépassé le jardin.

La santé d'Hubert Valdenaire prenait une tournure bien inquiétante et l'Étienne était convaincu que l'apparition accidentelle de votre oncle y était pour quelque chose. À ses poumons malades, à sa phobie de la guerre, s'ajoutait maintenant un ennui que personne n'avait prévu : la jalousie. Une jalousie morbide, une jalousie hystérique, d'autant plus insoutenable qu'elle était sans fondement.

Le comportement de ce mari amoureux et doux devenait de plus en plus horrible, de plus en plus étrange. La mauvaise rencontre qu'il avait faite sur le chemin des champignons réveillait en lui tout ce qu'il avait tenté d'étouffer depuis 1918 : la vieillesse, la maladie, le retour des tranchées et la perte de Yolande.

Bien sûr, il avait fini par savoir qu'elle avait hébergé Addi Bâ à l'école de Saint-André-les-Vosges et qu'elle se cachait pour aller le voir à Romaincourt. De sorte que leurs conversations ressemblaient souvent à des disputes.

Voici ce qu'entendit un soir l'Étienne alors qu'il collait son oreille sur le plancher, comme il avait pris l'habitude de le faire depuis l'arrivée de votre oncle :

– Il vous mènera à votre perte. Il n'apportera rien de bon ni à vous ni à moi ni à personne d'autre. Rien que le sang, rien que les querelles et les déchirures ! Regardez ce qu'il a fait de nous, Yolande, regardez donc !

– C'est la guerre, Hubert ! Il brûle lui aussi comme tout le monde.

– Vous l'aimez, n'est-ce pas ?

– Comme mon fils ! Comme Étienne !

– Yolande, regardez-moi bien en face et dites-moi la vérité !

Elle disait la vérité, Yolande, une vérité équivoque, une vérité compliquée mais une vérité quand même, dont elle ne pouvait voir toutes les facettes.

Il l'appelait « maman » et elle l'appelait « mon fils », c'était venu sans effort, tout naturellement. Et justement, c'était ce naturel et cette facilité qui gâchaient la vie d'Étienne et d'Hubert, qui les brûlaient, eux, d'un feu inextinguible parce que secret, secret et inavouable.

Yolande était encore très belle bien qu'elle eût dépassé la quarantaine. Elle se nourrissait de tous les idéaux qui animent la jeunesse, tandis que son mari était malade des poumons, malade de l'estomac, des artères, oui, mais surtout malade du cœur, un cœur qui avait renoncé à la colère et à l'indignation, qui refusait de se battre.

Addi avait la vitalité et le charme des vedettes de cinéma, il ne pouvait refréner son besoin de séduire, ni bâillonner les émotions folles et désordonnées que provoquaient toutes les belles femmes qui passaient devant lui. Entre ces deux-là, Monsieur, les relations ne pouvaient pas être simples.

L'Étienne me parlait parfois de l'atmosphère délétère qui régnait chez ses parents, mais il évoquait cette ambiance en des termes si évasifs que j'avais l'impression d'en savoir encore moins après l'avoir écouté.

Marcel Arbuger savait que l'école s'arrêtait à cinq heures et que juste après, le temps de fermer la classe et de cadenasser le portail, l'institutrice sautait sur son vélo pour contourner la fontaine et prendre la route de Petit-Bourg pour avaler les trois kilomètres qui la séparaient de chez elle. Il l'attendit en pleine campagne, blotti derrière un sureau. Quand il l'aperçut au sommet de la côte, il se montra et commença à lui faire de grands gestes de la main. Elle voulut passer sans s'arrêter mais se ravisa au dernier instant vu que l'énergumène qui la hélait s'approchait dangereusement.

— Vous ? Mais vous êtes fou ? Ici, en pleine journée !
— Pardonnez-moi, Yolande Valdenaire, mais…
— Je ne m'appelle pas Yolande Valdenaire. Vous vous trompez de personne.
— Pardon, Tante Armelle !
— Oh, mon Dieu ! Que me voulez-vous ? Dites-le vite et disparaissez !
— Les gens de Londres… je veux dire les gens de Nancy, ils m'ont… enfin, je dois vous parler du maquis…

Elle le coupa d'un rire sec et bref :
— De maquis ! Et c'est vous qu'ils ont trouvé pour me parler de maquis ?

– Moi, vous, tout le monde ! Mais ne restons pas
là. Il y a des oreilles partout et les Boches peuvent
passer à tout moment.

Elle l'inspecta longuement, lentement, de la tête aux
pieds pour tenter de déterminer si elle devait l'engueuler
ou plutôt plaindre les gens de Nancy et de Londres.

Elle poussa un soupir et dit :
– Suivez-moi.
Elle le conduisit dans le studio où, deux ans plutôt,
elle avait caché votre oncle.
– Asseyez-vous là, reprenez votre calme, et dites-
moi ce que vous avez envie de me dire.
– On ne rêve qu'à ça, madame Valdenaire, travailler
avec Londres. Allez dans les pays, vous verrez, tous
les jeunes ne rêvent qu'à ça. Seulement… Distribuer
des tracts, arracher des croix gammées, faire dérailler
des trains, ça ne sert pas à grand-chose et les gars,
ils ont fini par s'en lasser… Enfin, à Londres, ils ont
eu une bonne idée… Ils ont enfin compris qu'il faut
passer à l'action, si vous voyez ce que je veux dire…
– Continuez.
– Ben… Ils veulent qu'on crée un maquis, ici même,
dans les Vosges. Sauf que nous, on n'y connaît rien…
Vous avez vécu la première guerre, vous…

Et il posa sur elle un regard plein d'espoir comme
si sa réponse pouvait supprimer tous les maux qui
empoisonnent l'existence.
– Votre mari aussi ! se dépêcha-t-il d'ajouter, ima-
ginant que cela l'aiderait à se décider.
– Ne mêlez pas mon mari à ça !
– Ben alors, l'autre.

– Qui ?

– Le nègre !

– Il a un nom, le nègre !

– Enfin, le tirailleur ! C'est le seul de nous à avoir une expérience des armes. Et puis il est avec nous, il a toujours parlé de se battre et puis il est bien vu des fermiers !… Et vous avez une grande influence sur lui.

– Et comment le veulent-ils, ce maquis, les gens de Londres… pardon, de Nancy ?

– Ils le veulent ici dans le canton de Lamarche en prévision du débarquement prévu en mai 43. Ce ne sont pas les forêts épaisses et les fermes isolées qui manquent.

– Il faut des soldats et des armes pour faire fonctionner un maquis.

– C'est la raison pour laquelle j'ai parlé du tirailleur.

– OK. Ce n'est pas une idée qui lui déplairait. Mais de grâce, respectez les consignes ! Qu'est-ce qu'on s'était dit dans la cabane du chasseur ? À chacun deux contacts au maximum : un en haut, un en bas. Maintenant, partez et je vous en prie, trouvez une autre manière de travailler.

On le sait, votre oncle ne rêvait que d'aller à Londres. Il en avait parlé un soir à la fromagerie de Soulaucourt. À force d'écouter la radio chez mes parents, il avait fini par se persuader que tout n'était pas perdu, que ceux de Londres n'étaient pas que de pauvres utopistes, qu'ils apporteraient peut-être la résurrection de la patrie. De sorte que quand Yolande lui parla de fonder un maquis, il se colla à elle et l'embrassa longuement.

– Quelle bonne nouvelle, maman ! La première, depuis Neufchâteau !

– Vous en prendrez le commandement ! Mais il nous faudra des soldats et des armes.

– Les soldats, c'est tout trouvé : les jeunes du STO. Ils n'y verront qu'un double avantage : d'un, ils échappent aux Allemands, de deux, nous leur donnons l'occasion à laquelle ils rêvent tous, celle de se battre. Quant aux armes, il suffit de se baisser pour les ramasser. Il y en a dans toutes les forêts et ce sont les nôtres qui plus est, celles de l'armée française.

– Mais oui, mon fils ! S'il vous plaît, ne bougez pas trop ces temps-ci, si vous voyez ce que je veux dire : on devrait vous contacter très vite. Allez, embrassez-moi, il faut que je me sauve !

Très vite, le réseau se mit à l'œuvre. Des noyaux de trois ou quatre furent mis en place de préférence dans les fromageries et les fermes isolées où les Boches mettaient rarement les pieds, où seule la gendarmerie passait de temps en temps faire sa ronde. Leur rôle ? Dissuader les parents d'envoyer leurs enfants en Allemagne, aider ces derniers à s'évader par tous les moyens. Ces jeunes devaient s'entraîner et se préparer au jour J sans abandonner la routine que représentaient la confection et la distribution de tracts, la protection des évadés, des Haguenaux et des Juifs.

La résistance, ce fut des gens comme vous et moi, des fermiers, des bouilleurs de cru, des braconniers, des instituteurs, des gargotiers, des médecins, des lingères.

Ce n'étaient pas des héros, Monsieur, c'étaient juste des désespérés !

L'hiver, c'est une fois l'an ; la guerre, deux fois le siècle. Le véritable ennemi des Vosges, c'était le croup, Monsieur. Les Prussiens et le froid auraient pu passer pour des alliés à côté de cette saleté-là. Allez dans nos cimetières et vous verrez que la moitié de nos morts ont succombé à ses assauts.

C'est le cas de Madeline Arbuger, la première épouse de mon père. Le Marcel est un cousin, Monsieur. Il venait parfois causer un brin avec papa et boire la goutte. Il avait plusieurs fois croisé notre sergent (depuis leur mystérieuse rencontre sur le perron de l'église), l'oreille toujours collée au poste, les yeux inquiets, l'air absent de quelqu'un qui cherchait à décrocher la lune. Avant cela, dans les moulins, dans les fromageries, dans les fermes, il avait entendu parler de ce drôle de nègre qui refusait la Débâcle et songeait à rejoindre Londres. Un inconnu sorti des forêts d'Afrique qui voulait se battre alors que les Blancs avaient jeté les armes, avaient pactisé avec l'ennemi. Je les voyais se serrer la main, échanger quelques mots sur le temps, les défaillances chroniques du poste, sur les messages sibyllins et chimériques que ces gens de Londres s'amusaient à diffuser, loin de l'exode, loin des pénuries, loin de la botte mortelle des SS. Je ne me doutais pas qu'ils étaient de mèche depuis bien longtemps et que Jésus, dès le début, avait emmêlé leurs destins et décidé qu'une année plus tard, ils mourraient sur le même poteau d'exécution.

À présent qu'il avait vu quelqu'un qui se réclamait de Londres, à présent qu'il gardait à l'insu de son épouse une sacoche pleine de papiers dans un coin de son grenier, vous imaginez bien qu'il dut choisir un autre endroit pour lui parler. On n'aborde pas ces choses-là n'importe où. Papa était réputé antivichyste, maman muette comme une tombe, mâmiche qui avait peur de tout ne se mêlait jamais de ce qui ne la regarde pas, mais on ne savait jamais.

Un jour, Marcel Arbuger vint nous rendre visite et s'attarda longtemps dans le salon, à fumer cigarette sur cigarette en trépignant. Alors qu'il me croyait partie dans le jardin, je l'entendis demander à mon père :
– Où peut-il bien être, le tirailleur ?
– Sans doute chez mâmiche en train de causer ou de broder !

Je sentais que le Marcel, il voulait le voir vite pour lui dire quelque chose de sérieux et de grave à l'insu de tout le monde, même de mâmiche, même à l'insu du colonel.

Le Marcel, il savait qu'il avait gardé en pleines Vosges ses étranges coutumes africaines. Après avoir déjeuné, il se rinçait méticuleusement la bouche puis il remplissait une casserole d'eau et disparaissait dans les bois. Mâmiche qui, la première, remarqua cet étrange manège, mit longtemps avant de se confier à mes parents avec une curiosité mêlée d'inquiétude. « C'est comme ça qu'ils sont là-bas, ils remercient les dieux dès qu'ils ont fini de manger », avait répondu mon père d'un ton de connaisseur.

Bien évidemment, cette réponse n'était qu'à moitié satisfaisante.

« Mais que peut-il bien faire avec une casserole remplie d'eau au milieu de la forêt ? » se demandait tout Romaincourt.

Ce n'est que récemment, à la suite d'un voyage en Inde organisé par l'épiscopat, que j'ai pu résoudre l'énigme. Il allait simplement faire ses besoins comme cela se passe souvent dans ces pays-là.

Imaginez le ricanement stupéfait de Marcel en voyant ça, tapi qu'il était sous les sapins. Imaginez la réaction outrée de votre oncle :

— Ma parole, que fais-tu là, toi ? Tu ne m'as pas regardé, au moins ?

— T'inquiète pas, j'avais le regard tout tourné là-bas, vers ce couple de chevreuils en rut.

— En effet, ricana-t-il à son tour. Il paraît qu'ils ne le font qu'une fois l'an, à la saison des amours.

— Ouais, ils sont bien sobres. J'en connais que cela dérangerait drôlement d'être des chevreuils.

— Hé, toi ! Tu ne te suffis pas de me déranger dans mon petit coin, il faut aussi que tu ailles fouiller dans ma vie nocturne. Attention, ne t'amuse pas à me fâcher !

Le Marcel, il sentit que c'était le moment. Il le rejoignit discrètement dans le bois avant qu'il n'ait fini de déboucler sa ceinture.

– La ferme de la Boène est avec nous. Tu y es attendu demain vers les coups de minuit. Tu sais où c'est ?

– Ben oui.

Puis ils discutèrent de mots de passe, de lieux secrets pour leurs rendez-vous, de ravitaillement, de prudence et de discrétion.

La ferme de la Boène, il y était passé parfois chercher du lait. Un endroit discret, bien plus près de la forêt du Creuchot que du pays de La Villotte et difficilement visible depuis la route à cause des sureaux et des châtaigniers. Il savait que le brave Gaston Houillon y régnait sur une tribu de quatre personnes aussi travailleuses et silencieuses que lui : sa femme Andrée, son fils Albert et ses filles, Paulette et Jeannine. Il savait que le Marcel qui y avait longtemps travaillé comme ferblantier ne pouvait le conduire vers des haltatas (c'est ainsi que nous autres, des Vosges, nous appelons les farfelus). Le Gaston, ça se voyait sur son visage comme sur sa manière de tenir sa ferme, qu'il pouvait lui faire confiance, qu'il pouvait y aller, les yeux fermés.

– Merci de travailler avec nous, Gaston ! Le Chêne du Partisan ! C'est vraiment génial, ton idée ! Comme ça, tu seras notre sentinelle. Je sais qu'avec un gars comme toi, jamais les Allemands ne passeront.

– Regarde un peu comme elle est vaste, la grange !

– La taille d'un internat, Gaston ! On pourrait monter y faire un tour à ton Chêne du Partisan ?

– Tu blagues, sergent ! C'est au fin fond, comme qui dirait deux forêts gigognes, difficile à trouver même sous la lumière du jour. Demain à l'aube, tu prendras ton vélo comme d'habitude et tu verras mes enfants monter les vaches. Quand vous serez bien à l'abri des regards, mon fils te conduira. Tu verras, tu pourras y camper autant de temps que durera la guerre. C'est un endroit qui a déjà servi en 1634 contre les soldats de Louis XIII, et en 1870 contre les Prussiens.

– Très bien, Gaston, très bien ! Je ne vais pas abuser de ton temps. Je serai là, et j'attendrai discrètement sous les fourrés pour voir passer tes enfants.

C'était une clairière grande comme deux terrains de football, entourée d'une couronne de bouleaux faisant penser à une haie vive tellement qu'ils étaient feuillus et serrés. Gaston avait raison. Il jeta sur la place un œil satisfait et murmura sans se faire entendre : « Pour que les Allemands arrivent jusque-là, il faudrait que ce soit un des maquisards qui les y conduise. En plus, on pourrait y parquer deux cents, peut-être même trois cents hommes. Et trois cents, c'est presque déjà une armée ! »

Puis il se tourna vers le garçon :

– Si je te demandais de te joindre à nous, tu le ferais Albert ?

– Ben… C'est que je dois aider à la ferme. Mes parents n'y arriveraient pas tout seuls et les sœurettes, elles sont encore toutes jeunes.

– Tu ne m'as pas compris, Albert, je ne parle pas du camp, je parle des Boches.

– Ben… moi, les Boches, je ne les aime pas non plus et je parle pour toute la Boène.

– Que pourrais-tu faire, Albert ?

– Ben… moi, à part mener les bêtes aux pâtures…

– Formidable, Albert, je te promets plein de bêtes à mener aux pâtures !

Il alla trouver le Marcel Arbuger alias le Simon à l'endroit convenu et s'adressa à lui avec l'enthousiasme d'un gamin venant de gagner une partie de quilles :

– Si votre Vercingétorix avait trouvé un endroit comme celui-ci, ce sont les Gaulois qui auraient colonisé les Romains… Bon, nous avons trouvé l'arène, ce qui nous manque, ce sont les gladiateurs.

– Mes contacts ne dorment pas. Au chantier de jeunesse de Méricourt, il y en a près d'une douzaine prêts à faire leurs baluchons.

– Sans blague ! On pourrait leur envoyer des éclaireurs ce soir ou demain.

– Impossible ! Les Boches sont partout ! Il y a eu un sabotage en gare de Granges-sur-Vologne. Ils sont un peu sur les nerfs en ce moment. Après les jeunes gens arrêtés à Vittel pour port illégal de l'étoile de David et les remous provoqués par l'incarcération de quatre-vingt-dix-neuf communistes à Saint-Dié…

– C'est au moins la preuve qu'ils ne sont pas les bienvenus. Qu'est-ce que Vichy attend pour s'en rendre compte ?

– Notre radio, c'est Londres. On s'en fout de Vichy… Bon, on attend que ça se calme et on fait bouger nos gars du chantier de jeunesse. C'est triste, un camp qui n'a pas de soldats.

– Le camp n'a pas encore de soldats mais je lui ai déjà trouvé un nom.

– Quoi !

– Le maquis de la Délivrance !

– Ho, ho, le maquis de la Délivrance ! Mais c'est presque du Lamartine !

Le lendemain, en tentant de rejoindre sa maman dans le bois de Chenois, il se rendit compte que le Marcel, il ne disait pas des bêtises. Les Boches, ils étaient partout

125

et pas seulement dans les carrefours et dans les gares. Il rebroussa chemin par ces sentiers recouverts d'herbe qui serpentaient entre les arbres et qui n'étaient connus que de lui, des braconniers et des cerfs.

Il se terra quelques jours à Romaincourt où on le revit faire la cuisine chez la mémère, écouter la radio chez nous, aller jouer aux dames chez le colonel ou couper du bois chez l'instituteur. Je m'en souviens. C'étaient les vacances de la Toussaint et j'étais venue passer quelques jours avec mes parents.

Un soir alors que nous écoutions la radio en face d'une soupe de poireaux, Londres avait subitement arrêté la musique pour intercaler entre ses journaux une de ces phrases auxquelles seuls les initiés comprenaient quelque chose : « Le coq ira manger les noisettes. »

Cette fois encore, comme la dernière, il repoussa son bol de soupe, fit un signe d'au revoir et disparut dans la nuit. C'est bien plus tard que j'en comprendrai la raison grâce aux explications du colonel Melun. Un avion anglais de retour d'une mission de reconnaissance en Italie avait été abattu au-dessus du bois de Chenois. Votre oncle, Arbuger et le maire réussirent à récupérer le pilote, et à le faire passer en Suisse au nez et à la barbe des Boches.

Il se produisit à l'époque à Romaincourt de nombreux faits insolites et décousus dont je ne comprendrai l'agencement et la signification que bien après la guerre.

Je me souviens par exemple de ce curieux soir où après le dîner, papa me dit brusquement :

— Tu iras dormir chez Totor !

– Chez Totor ?

Voyant son embarras, maman dut venir à sa rescousse :

– Euh… Nous avons entendu dire qu'il y a de la viande de bœuf à Bourbonne-les-Bains… Eh ben, nous allons essayer d'en trouver un morceau.

– À cette heure ?

– Ben oui… C'est ça, la contrebande !

À midi, alors que c'est votre oncle qui avait l'habitude de venir manger, c'est maman qui se rendit chez lui pour le servir. Et avec deux couverts et deux serviettes.

Deux ou trois jours après, une bande de Boches armés jusqu'aux dents arriva avec des motos, des jeeps et des camions. Ils foncèrent directement chez nous et sortirent mon père, un revolver sur les tempes. Ça hachepaillait à gauche et à droite et dans toutes ces sales bouches, une phrase revenait comme un leitmotiv : « *Der schwarze Terrorist !* Le terroriste noir ! »

Ils poussèrent mon père vers la maison de votre oncle. J'entendis le bruit d'une porte qui explose et un autre, d'assiettes que l'on brise. Les brodequins résonnèrent sur l'escalier vermoulu menant à la grange. Il se passa quelques secondes et le plancher de celle-ci s'effondra et l'on crut un instant que la guerre était arrivée à Romaincourt. L'un des Boches se coupa la fesse en retombant sur la faucheuse. De tout cela, je n'aurais rien compris s'il n'y avait eu cette lettre venue d'Afrique du Sud il y a trois ans, suite à cet article du colonel Melun paru dans un journal de Paris. Elle avait été écrite par un certain Horn qui n'était autre que notre fameux aviateur anglais. Elle était fort élogieuse à

127

propos de votre oncle et racontait par le menu la chute de son avion et son odyssée vers la Suisse.

Après avoir sauté en parachute, ce Horn avait donc été recueilli par une vieille fermière chez laquelle le maire et votre oncle étaient venus le chercher. Comment ? On ne le saura probablement jamais.

Ce qui est sûr, c'est qu'ils avaient dû, de nuit, aller et venir sur plus de trente kilomètres. Qu'ils avaient probablement, à tour de rôle, pris le pilote sur leurs vélos. Qu'ils avaient traversé le village sans éveiller les soupçons pour le cacher dans le foin de la grange. Une autre chose est sûre, c'est que papa et maman étaient de la combine et que papa avait fait exprès de conduire le Boche vers la partie pourrie de la grange.

La fesse du SS littéralement coupée en deux affola les Allemands. Ils se rendirent vite compte qu'il était intransportable, vu les trombes de sang qui giclaient de sa blessure. Ils laissèrent deux d'entre eux veiller sur lui et foncèrent, toutes sirènes hurlantes, à Vittel pour ramener un médecin et une ambulance. Du coup, ils finirent par oublier la raison de leur visite et repartirent avec leur blessé qui mourut dans la nuit même.

L'Anglais nous expliquera aussi que son extradition vers la Suisse ne se fit pas aussi vite qu'on l'avait d'abord cru. Ce fut un long processus de trois mois au cours desquels on le promena de ferme en ferme, de village en village, de main à main, changeant souvent d'itinéraire et d'identité.

Je me souviens aussi qu'en repartant à Paris, à la fin des vacances, Addi Bâ était venu me voir à la veille de mon départ : « N'oublie surtout pas de passer prendre mes oignons ! »

Il y avait exactement dix oignons, comme les autres fois. Dix oignons pour toute une mosquée ! Encore une énigme que je ne résoudrai que bien après la guerre. Deux ans après la Libération et alors que je lisais une revue, j'appris que les oignons représentaient l'un des principaux canaux de communication de la résistance. C'était tout simple : il suffisait d'écrire son message sur du papier à cigarette et de le glisser soigneusement entre les peaux d'un oignon. Mais ce n'était pas la seule astuce. Il y avait aussi le fromage ou le jambon que l'on faisait semblant de troquer, dans lesquels on cachait des messages qui auraient valu à leur destinataire la potence ou le camp de concentration.

Au Moulin Froid, où votre oncle avait coutume de se rendre, vivait une femme et son garçon, un adolescent de dix-sept ans, dont le père prisonnier de guerre avait été interné dans un camp en Allemagne, près de la frontière polonaise. Ce garçon solide et vif d'esprit, il l'avait tout de suite remarqué et savait qu'il s'en servirait un jour.

Il vint le trouver un soir et l'emmena vers la fosse à purin pour lui parler seul à seul.
— Il est temps de te mouiller, Bertrand ! Fais en sorte que ton père à son retour d'Allemagne soit fier de toi.
— Mais j'aide maman à la ferme.
— Nous sommes en guerre, Bertrand, la ferme ne suffit plus. Ton père et des tas d'autres braves gens sont chez les Allemands et ils risquent leur vie à tous les instants. Nous devons risquer la nôtre aussi.
— S'il y avait encore la guerre, je me serais engagé.

– Ah, j'aime entendre ça ! Connais-tu Méricourt, Bertrand ?

– Bien sûr, c'est le village de ma mère.

– Tu as entendu parler du chantier de la jeunesse. Tu sais y aller ?

– Petit, c'est là que nous jouions aux quilles.

– Très bien. Demain, nous nous retrouverons là-bas à minuit… Enfin, pas au chantier lui-même mais dans les arbres qui surplombent les bâtiments.

Bertrand fut un peu déçu de ne trouver rien de palpitant dans l'opération « Jeunesse 43 », la toute première du maquis de la Délivrance. Il rejoignit Addi Bâ dans les arbres comme convenu. Celui-ci sortit une torche et envoya les signaux en direction de l'un des bâtiments. Une ombre sortit, longea le préau, traversa le parterre des rosiers et sauta par-dessus le mur. Puis ce fut le tour d'une autre, et ainsi de suite, à douze reprises. Les gars traversèrent la rue, longèrent les murs des silos et, pliés en deux, gagnèrent rapidement les bois. Ce fut d'une telle simplicité que votre oncle dut murmurer quelque chose pour prévenir tout désenchantement :

– Ce n'est que le début, attendez la suite.

La végétation touffue et la nuit sans lune, sans neige, obligeaient les gars à marcher les uns derrière les autres, accrochés à la longue ficelle qu'Addi Bâ avait eu l'intelligence d'emmener avec lui pour ne pas se perdre. On chemina trois bonnes heures, en contournant les grandes voies et les habitations, évitant les patrouilles et les aboiements de chiens.

Addi sortit de nouveau sa torche quand ils approchèrent de la ferme de la Boène. Il envoya les signaux et Paul vint ouvrir.

Votre oncle avait vite compris qu'il fallait cibler et bien cibler la clientèle. N'importe qui ne pouvait convenir pour ce genre de vie. Il fallait des jeunes sans métier, sans contraintes familiales. Des gars suffisamment remontés contre l'ennemi, auxquels le maquis offrirait une chance d'échapper aux chantiers de jeunesse et au STO.

Quand ils furent dans le hangar, Addi Bâ referma la porte à double tour avant de sortir à nouveau sa torche. C'étaient de tout jeunes paysans comme il avait l'habitude d'en voir dans ses pérégrinations. Il les scruta un à un sous la violence de la lumière et conclut que le plus jeune allait sur ses seize ans et que le plus âgé n'avait pas encore atteint vingt-cinq ans. Un sentiment mêlé de colère et de compassion déferla sur lui à la vue de ces visages, pour la plupart encore marqués par les rougeurs de l'acné. Il secoua la tête pour le repousser, se disant en son for intérieur : « La guerre ne connaît pas d'âge. Tant pis pour vous, jeunes gens, fallait naître au bon moment. »

Il éteignit la torche et parla dans la nuit noire comme le ferait un bourreau ou un confesseur.
– Y a-t-il un seul d'entre vous qui regrette d'être là ?
Voyant que personne ne répondait, il enchaîna :
– Très bien. Vous êtes déjà des hommes et je vous traiterai comme tels jusqu'à preuve du contraire.
– Vous nous aviez parlé de maquis !

Il ralluma nerveusement la torche et demanda à la cantonade :

– Qui a dit ça ?

C'était un grand frisé du genre à se faire remarquer. Tout à l'heure, dans le bois, il n'avait cessé de chuchoter malgré les consignes.

– Comment t'appelles-tu, jeune homme ?

– Armand ! Armand Demange, monsieur.

– Adjudant ou alors chef !... Ma parole, Armand Demange, le maquis, ce n'est pas dans les bois, c'est dans la tête. Dites-vous que vous êtes des soldats ! Dites-vous que vous êtes des clandestins ! Et après ça, taisez-vous, fermez les yeux et faites ce qu'on vous dit de faire. Saisi, Armand Demange ?

– Oui, monsieur !

– Adjudant ! Adjudant Addi Bâ !

Il éteignit de nouveau la torche, se reprochant d'avoir crié trop fort.

– Bon, ce sera tout pour cette nuit. Je passerai vous prendre demain après la traite des vaches pour vous monter là-haut. Et il en sera ainsi tous les jours.

Il ralluma la torche pour bien se convaincre que personne n'avait posé de questions.

– Tous les jours jusqu'à ce qu'on construise des baraques là-haut. Jusqu'à ce que *vous* construisiez, vous et tous ceux qui vous rejoindront dans les semaines à venir... En attendant, interdit de parler, interdit de sortir faire pipi. Je te les confie, Bertrand ! Tu es le chef quand je ne suis pas là. Ils doivent t'obéir au doigt et à l'œil, saisi, Armand Demange ?

– Saisi, chef !

On était au printemps. Après les congères de l'hiver, les giboulées de mars malmenaient le paysage des Vosges : des édifices défigurés, des cours d'eau affolés, des nappes de boue submergeant les rues et les plaines. Nos jeunes recrues défrichèrent le terrain et commencèrent à entasser du bois, des briques et des pierres. Le premier contingent arraché au STO arriva quand on posait les fondations de la première baraque.

Il faut que je vous explique ce que c'est le STO. Je ne suis pas sûre que cette bizarrerie ait traversé les mers jusqu'à vous atteindre là-bas, sur les bords du Limpopo. Au printemps 1942, la guerre prit une nouvelle tournure. Il ne s'agissait plus de vaincre la France, c'était déjà fait, mais de profiter d'elle pour engraisser l'occupant, vivre sur la bête en quelque sorte. Il fut décidé d'envoyer en Allemagne trois cent cinquante mille travailleurs français. La première année, on se contenta d'encourager des volontaires à coups de propagande puis en 1943, Vichy le rendit obligatoire.

Au Chêne du Partisan, le maquis se trouvait à l'état d'ébauche. Dehors, le réseau patiemment mis en place fonctionnait déjà. Il fallait seulement multiplier les contacts, améliorer la messagerie et accélérer le recrutement. Or, à Méricourt, il n'y avait plus de volontaires, sans compter que les Boches allaient finir par se douter de quelque chose. Addi Bâ décida de rencontrer Simon pour en discuter.

Affalé sur le banc, dans le jardin public de Lamarche, la tête surélevée pour faire mine d'observer les nuages, Addi Bâ sentit l'homme s'asseoir sur l'autre banc juste derrière lui. Celui-ci annonça le mot de passe et parla à demi-mot comme s'il lisait son journal. Il comprit que Simon était à Nancy sans doute pour prendre des ordres et que c'était le dénommé Alex que l'on avait envoyé à sa place. Là-bas, à Londres, les choses se précipitaient. Le débarquement serait pour bientôt, en mai prochain, maintenant c'était sûr. Dans les Vosges, il était temps de se remuer le cul.

Le réseau avait fini de tisser sa nasse, à Épinal, à Contrexéville, jusque dans les hameaux les plus reculés. Maintenant, il fallait se consacrer au maquis, lui donner les moyens d'exécuter des missions avant la fin du printemps. Là-haut, ils avaient accepté son idée de délaisser les chantiers de jeunesse pour se tourner vers les jeunes du STO. Les effectifs y étaient plus nombreux et la manœuvre bien moins risquée. Les STO, il y en avait partout et ils devaient beaucoup bouger, prendre la charrette, le vélo, le train pour se rendre en Allemagne. Ce qui laissait à la résistance de nombreuses occasions d'intervenir alors que les camps de jeunesse étaient organisés en véritables casernes et dans quelques endroits seulement. Voyant que l'homme s'apprêtait à partir après avoir replié le journal, votre oncle lui demanda avec inquiétude :

– Les joujoux, alors ? Quand est-ce qu'on aura les joujoux ?

– Tu as le salut de Gauthier ! Qu'ils grandissent d'abord, les gosses, ils auront les joujoux après ! Et ne t'inquiète pas, question santé, tout va bien. Tante Armelle te le confirmera.

– Que fera Simon ?

– À lui de cueillir les jaunottes ! À toi de les cuire !

Cela voulait dire que les tâches avaient été réparties une fois pour toutes. Simon rabattait le gibier vers la ferme de la Boène, et Addi Bâ les menait là-haut, au Chêne du Partisan, où il devait les former et s'occuper de leur popote. Simon le politique, lui le militaire. Chacun son territoire sans empiéter sur celui de l'autre.

La semaine suivante, tous les jeunes nés entre 1920 et 1922 furent convoqués. Les Allemands faisaient passer la révision à La Villotte et c'était le docteur Couillaud qui était chargé de les examiner. Il déclara un bon nombre d'entre eux inaptes. Les autres firent semblant d'embarquer pour l'Allemagne en prenant le train à la gare de Merrey. Mais ils profitèrent de la cohue pour descendre à Contrexéville. De là, ils marchèrent à travers les bois jusqu'à Lamarche où Simon les attendait. Le lendemain matin, Addi Bâ n'eut qu'à les cueillir dans la grange du père Gaston, il les fit monter au Chêne du Partisan rejoindre leurs prédécesseurs.

Ils étaient déjà plus de quatre-vingts avant la fin avril. Avec des pierres, des branches et des rondelles de bois récupérées chez les meuniers du coin, les gars dressèrent deux baraques de fortune et, tout autour, des cahutes qui ressemblaient étrangement aux cases africaines.

Durant la journée, votre oncle leur enseignait les rudiments militaires ; la nuit, il sillonnait le territoire pour trouver à manger. Il allait voir un éleveur : « Égorge ce veau ! Ce sera pour le maquis ! »

Il agissait pareillement avec les meuniers ou les cultivateurs. Au retour, son vélo était surchargé de sacs de farine, de fromages et de légumes. Parfois, le donateur apportait lui-même sa contribution à la ferme de la Boène, ou bien on désignait quelques recrues pour aller les chercher.

Addi aimait les surprendre en train de jouer aux cartes ou de faire les sauvages d'Afrique avec des peintures sur le visage et des ceintures de feuilles autour des hanches. Ils s'attendaient à le voir offusqué ou blessé par leurs singeries, mais non. Ils en étaient presque déçus, ne sachant pas trop eux-mêmes s'ils faisaient ça pour tuer le temps ou tester ses nerfs. Ils se mettaient au garde-à-vous dès qu'ils le voyaient arriver.

« Allez ramasser des armes au lieu de faire les marioles ! »

Après la défaite de la Meuse, l'armée française avait perdu la tête, au propre comme au figuré. Les soldats avaient jeté les uniformes et les fusils au long des routes, dévalisé les magasins de vélos afin d'accélérer leur fuite. Trois ans après, Allemands et partisans se disputaient encore ce considérable arsenal. Je vous ai déjà dit qu'à Épinal, les Allemands avaient créé un bataillon de Malgaches et de nègres exclusivement voué à la récolte du butin de guerre. Les résistants, de leur côté, trouvaient un double avantage dans ces armes abandonnées : empêcher que les Boches ne s'en emparent, tout en équipant les maquis. L'opération se faisait au petit matin ou au crépuscule. Addi Bâ les envoyait par petits groupes sur les routes ou au bord des cours d'eau. Il laissait à Bertrand le soin de super-viser le démontage et l'entretien de leurs acquisitions.

Ce jour-là, ils ne jouaient ni aux quilles ni aux cartes, ni aux Zoulous ni aux charades. Addi Bâ les trouva dans une scène qu'il mit une bonne dizaine de minutes à comprendre. Ils avaient reconstitué de bric et de broc un autel qui rappelait l'église de Romaincourt. L'un d'eux, couvert d'une barbe postiche et d'une robe de moine, baptisait un novice en chantant des chansons paillardes que les autres reprenaient en chœur, habillés de draps troués. Ce petit monde était tellement absorbé par sa pantomime qu'ils n'entendirent pas arriver le chef, ne prenant conscience de sa présence que quand il se mit à gronder :

– Qu'est-ce qui se passe ici ?

Le groupe se disloqua et chacun se dépêcha de disparaître dans son baraquement ou sa hutte.

– Tout le monde ici, avant que je ne foute le feu au camp !

Ils réapparurent en pouffant de rire, honteux autant qu'amusés de leur stupide manège.

– Où est le chef ?

La silhouette du moine se dessina enfin devant la porte d'une des cahutes.

– Avance vers moi… Enlève cette barbe…

Le fautif ôta son travestissement et Addi ne fut guère étonné de reconnaître Armand Demange, la forte tête.

– Je savais que c'était toi !… Allez, à la popote !

Quand le repas fut prêt, il lui arracha le couvert des mains.

– Pas de soupe pour toi, ce soir ! Va t'habiller et pense à mettre un pull et de bonnes chaussures.

Il lui tendit une feuille de papier.

– Regarde bien, la marque rouge indique un fusil-mitrailleur abandonné dans la plaine du Mouzon. Tu n'auras qu'à suivre les flèches. Voici la torche. Dès qu'il fera nuit, tu iras le chercher. Le camp ne dormira que quand tu auras fini de le démonter et de le remonter sans faire une erreur. Tout à l'heure, en venant ici, je me demandais à qui j'allais bien pouvoir confier cette corvée. Tes gamineries m'ont définitivement sorti de l'embarras.

Il fallait compter une heure de marche pour descendre et autant pour revenir, à condition de se déplacer les mains vides. L'atmosphère se glaça quand Armand démarra. Des coups d'œil réprobateurs convergeaient sur le chef. Personne n'osa prononcer un mot avant son retour, mais il était facile de lire dans les pensées de chacun. Pour si peu ? Et pourquoi lui, par une nuit si épaisse ? Déjà trois heures qu'il était parti. Et s'il avait été capturé par une patrouille ? S'il était tombé sur une meute de loups ?

Armand mit quatre heures à revenir. Ce retard sema l'inquiétude jusque dans les yeux du chef ; seul l'orgueil lui interdisait d'envoyer des éclaireurs pour se rendre compte de la situation. À son profond soulagement, Armand finit par réapparaître. Éreinté, il déposa sa charge à terre, enleva son pull et, méticuleusement, mais en serrant bien fort les dents, démonta la mécanique pièce par pièce avant de la remonter sans commettre une erreur. Après quoi, il se leva et entra dans sa cahute en étouffant ses sanglots.

– C'est pas juste, chef, je vous assure que c'est pas juste !

L'incident fut vite oublié, enseveli sous la masse des menus faits qui rythmaient la vie du camp : les intempéries, les exercices, les prouesses qu'il fallait accomplir pour trouver à manger, l'arrivée incessante de nouvelles recrues, dont la plupart s'étaient évadés des trains pour échapper au STO.

Mais il ne se passa pas une semaine avant qu'Armand ne soit puni à nouveau, pour avoir giflé un camarade ou refusé d'éplucher les pommes de terre, on ne sait trop. Il n'y avait plus d'allumettes, on l'envoya en chercher à la ferme de la Boène. La connerie suivante lui valut de ramasser dix fagots de bois avant le coucher du soleil. Dix minutes plus tard, il était de retour chargé non pas d'un fagot de bois mais d'un être en chair et en os qu'il déposa pieds et poings liés aux pieds du chef.

– Je l'ai surpris en train de nous espionner. Je n'aime pas les traîtres.

– Qu'as-tu encore fait, Armand Demange ?

– C'est mon collabo ! C'est à moi de l'exécuter.

Votre oncle l'écarta, détacha la victime et reconnut Célestin.

– Ah non, mon Dieu, ah non !

– Je suis venu m'engager, pleurnicha le gamin.

– T'engager ! Ta mère sait que tu es là ?

– Je n'ai pas eu le temps de la prévenir.

– Alors, on va tous les deux lui rendre une petite visite.

Il enfourcha son vélo et invita Célestin à s'asseoir sur le porte-bagages. Toutefois, avant de s'élancer, il se tourna vers ses troupes :

– Bertrand, tu prendras la relève. La corvée de bois est annulée.

Huguette s'affairait au comptoir, indifférente aux grognements de deux ou trois cheûlards qui sirotaient leur goutte. La patronne ne manifesta aucune surprise en voyant arriver Addi et le gamin.

– Demandez-moi ce qui m'amène, Huguette !

– Vous venez me dire bonjour. Quoi d'autre ?

– Avec votre fils ?

– Il est arrivé quelque chose ?

– C'est mieux si c'est toi qui expliques, fit-il en tirant Célestin vers le comptoir.

– Je veux bien, mais je sais pas par où commencer.

– Huguette, ce n'est pas bon de laisser traîner son gosse en temps de guerre.

– Traîner ? Le pauvre, il s'est levé aux aurores pour allumer le four, pétrir la pâte et cuire les premières fournées de pain comme un grand. Ensuite, il m'a aidée au bar jusqu'aux environs de quatorze heures. Fallait bien que je le laisse souffler un peu !

– Il est monté me voir là-haut, il veut s'engager.

– Oh, oh, vous n'allez pas croire à ça, Addi ! Même les mioches de cinq ans disent ça. Je veux m'engager. C'est de la plaisanterie, ils jouent aux résistants comme on joue aux cow-boys… Tu sais bien, mon petit Célestin, que tu ne peux pas faire ça. Maman a besoin de toi, ici, le café, la boulangerie, le potager, il y a trop à faire ! Et ton pied ne pourrait même pas supporter le poids d'un brodequin. Tu devras attendre la prochaine guerre, mon petit Célestin, la prochaine. Si jamais celle-ci se termine.

– Eh bien, ce petit malentendu réglé, il ne me reste plus qu'à vous dire bonne nuit, tous les deux, ma journée a été rude.

– Sans une aouatte de chicorée ?

– Merci Huguette, merci.

D'un pas rapide, elle le rejoignit pendant qu'il ouvrait la porte.

— On m'a parlé d'une combine à propos de viande de mouton. Venez me voir demain.

— Entendu, je viendrai à midi prendre un frichti.

Il en était à terminer son frichti, un sandwich de sardines fourré de tomates et d'oignons, quand le gendarme fit son entrée après avoir lourdement frappé la porte.

— Huguette Lambert ?... J'ai ordre de vous parler, madame.

— Allez-y, parlez !

— Pas devant tout ce monde, madame. C'est confidentiel.

— Vous voulez dire que je dois vous faire monter chez moi ?

— Si c'est la seule manière de vous parler seul à seule.

Absorbé par son repas et son verre de limonade, Addi les entendit monter l'escalier. Soudain, un cri sauvage et douloureux fit vibrer les murs, tandis que le gendarme redescendait les marches quatre à quatre comme un criminel.

Addi se précipita, mais fut devancé par Célestin. En arrivant en haut, il trouva la mère et le fils enlacés, secoués de spasmes, se regardant avec des yeux rouges sans arriver à prononcer un mot.

— Que se passe-t-il ? Dites-le-moi !

Il répéta plusieurs fois sa question sans rien obtenir. C'est alors qu'il remarqua les objets hétéroclites, annonciateurs de tragédie, éparpillés sur la table basse

face au canapé où Huguette et Célestin s'étaient laissés tomber : une montre, un briquet, quelque chose
qui ressemblait à un carnet ou à un agenda, et à côté
de tout ça, un papier, écrit à l'encre noire de la main
d'un de ces calligraphes payés pour rendre lugubre et
repoussant le moindre courrier administratif.

Il prit le papier et le lut, tandis qu'elle lâchait un
moment son fils pour se tourner vers lui avec un air
de reproche :
– Je vous avais bien dit qu'il ne verrait jamais son
fils, je vous l'avais bien dit. Mais vous ne m'avez
pas crue...
– Au fait, où se trouve-t-il, votre enfant ?
– À Roncourt, chez ses grands-parents. Ils me le
prennent de temps en temps pour me permettre de
souffler un peu.
– Huguette, je ne vous ai jamais demandé comment
vous l'aviez nommé.
– Firmin, comme son père, Firmin Lambert !

Il était là debout au milieu de la pièce, ne sachant
que faire, que dire, quel argument invoquer pour pouvoir quitter les lieux. Les cris anxieux qui montaient
du bar le ramenèrent à la réalité.
– Occupez-vous d'elle, je vous en prie ! dit-il en
descendant, d'un ton qui s'efforçait d'être neutre.

Et il s'empressa d'enfourcher son vélo.

Pendant deux jours il n'osa revenir, deux jours qu'il
consacra à Romaincourt et à ses rencontres secrètes
avec Simon et Yolande, comme si la nouvelle qu'il
venait d'apprendre avait coupé le lien qui l'unissait à

Huguette, à Célestin et au camp. Et lorsqu'il se décida enfin, il pensa tout le long du chemin que la veuve accablée de douleur lui attribuerait la faute de son insupportable tragédie, et que les yeux de l'orphelin rougis par la peine fuiraient les siens.

La chape du deuil avait soufflé sur les lumières, verrouillé les portes de ce lieu qui n'abriterait plus dorénavant que les monologues des cheûlards, la sil-houette voûtée d'une femme condamnée à vivre en noir. Il frappa longtemps avant que le jeune Célestin ne vienne ouvrir. Il s'attendait à la même scène que l'autre jour : ils seraient encore affalés dans le lit, en train de pleurer et de reporter sur les autres la cause d'une douleur trop forte pour être supportée dans la solitude. Les objets revenus d'Allemagne étaient tou-jours là, éparpillés en vrac sur la table basse. Mais les locataires avaient changé de place. Ils s'affairaient à l'autre bout de l'appartement où il les retrouva, les yeux secs, et même une ébauche de sourire sur les lèvres, comme si d'un coup ils s'étaient vidés de toutes les rancœurs que le bon Dieu leur avait allouées.

– Allons au salon, Addi, je vais vous faire un café, un vrai. J'en ai reçu hier ainsi qu'une pièce de mouton.

C'était de nouveau la vie. Et puis ce maudit gendarme a passé la porte de cette maison pour y semer le deuil.

Elle partit préparer le café, tandis que Célestin resté dans l'autre pièce faisait un grand bruit en rangeant des cartons. Il en profita pour relire le papier. Mort de tuberculose. De tuberculose ! Pas de faim, pas de froid, pas d'une balle dans la tête, de tuberculose ! Ce détail ne l'avait pas frappé la dernière fois.

Elle lui servit le café et, montrant du doigt la tasse en porcelaine, murmura sans aucune acrimonie :

– C'est dans une tasse comme celle-là qu'il a bu son dernier café.

– Il faut que je parte, Huguette. C'est réconfortant de voir que vous tenez le coup tous les deux, dit-il au moment où Célestin pénétrait dans la pièce.

– Ça tombe bien.

Soudain, Huguette se précipita vers la table basse et prit la montre qu'elle attacha au poignet de son fils. Puis elle lui saisit la main pour la poser dans celle d'Addi.

– Emmenez-le dans le bois, emmenez-le où vous voulez !

– Vous êtes folle, Huguette ! Sa place est ici à côté de sa mère !

– Jusqu'à ce que cette lettre arrive. Les choses ont changé à présent. C'est lui qui a raison, sa place est avec vous là-haut.

– À son âge !

– Il passe ses journées à tuer des Allemands dans le jardin avec son pistolet à eau.

– Pas maintenant Huguette !

– Pourquoi ?

– Euh, laissons-le donc passer le deuil ! Tiens, dit-il en s'adressant à Célestin, prends ce pistolet, c'est un vrai ! Je te donnerai les balles quand tu auras fini de grandir. On ne tue pas les Allemands avec des pistolets à eau.

Il sortit sans se retourner.

C'est à cette époque-là que Yolande, alias tante Armelle, entra en contact avec le centre d'accueil d'Épinal, où mangeaient à midi les prisonniers de guerre qui travaillaient hors des camps. La directrice disposait de tampons permettant d'établir de faux certificats de prisonniers libérés, elle avait aussi des brassards de la SNCF qui permettaient de circuler librement entre la zone grise et la zone occupée. Il faut que vous sachiez, Monsieur, que l'occupant avait découpé la France en trois zones, trois morceaux de fromage, pour parler comme nonon Totor : une zone occupée au nord, une zone libre au sud et ici, à l'est, une zone grise vouée à la germanisation.

Muni de ces faux papiers, votre oncle laissa quelques jours le camp aux mains de Bertrand pour se rendre à Paris. Oui, à Paris, et je suis sûre de ce que je dis, puisque l'Étienne m'a fait lire la lettre à l'en-tête de la mosquée qu'il avait adressée à sa mère. Qu'avait-il été faire à Paris, personne ne le saura jamais. D'autant que cette fameuse lettre avait plus l'air d'un code secret que d'une véritable correspondance. Écoutez plutôt :

> Chère maman,
> Je suis bien arrivé. C'est le 11 la fête, et non dimanche. J'ai vu mes amis Saleh et Abdallah, on s'est bien embrassés. Les bagages sont en retard, je pense les toucher demain.
> Je vous quitte pour le moment en vous souhaitant un grand bonjour.
> Votre fils adoré.

Venir à Paris sans chercher à me voir, sans même me téléphoner !

Je me souviens que peu après cela, j'étais de nouveau en vacances à Romaincourt, ce qui me donnera, après l'épisode des oignons, l'occasion d'affronter une autre bizarrerie qui ne s'éclaircira qu'après la guerre. Ce jour-là, Addi Bâ s'était assis devant sa porte et avait attendu que je sorte pour aller prendre le train. Je lui fis au revoir de la main et pris à gauche la route menant à la gare de Merrey.

– Pas par là, Germaine, de l'autre côté !

– Mais…

– Faites ce que je vous dis, Germaine !

Il s'était exprimé d'une voix effrayante. Quelque chose m'indiquait que je devais lui obéir sans chercher à y voir clair.

Je sortis du village et longeai la forêt, en fredonnant une chanson. Et qu'est-ce qui se passa ? Un monstre bondit des fourrés, manquant de peu me renverser. Épouvantée, je fermai les yeux, croyant déjà ma dernière heure arrivée, mais quand je les rouvris un petit garçon chétif et mal peigné était planté devant moi.

– Que fais-tu ici, toi ? dis-je d'une voix tremblotante qui le fit rire.

– Je suis votre frère.

– Je n'ai jamais eu de frère.

– Tenez, voici mes papiers !

Il s'appelait bien Tergoresse, Antoine Tergoresse, né le 5 mai 1932 à Romaincourt, de Léon et de Madeleine Tergoresse. C'était mon frère.

Je lui tournai le dos et partis en accélérant le pas, pour lui faire comprendre que je ne voulais pas de lui. Mais il était têtu et il courait aussi vite que moi. Lorsque nous arrivâmes en vue de la gare de Merrey où patrouillaient les Allemands, je me retournai et le regardai dans les yeux :

– Tu es juif, toi, n'est-ce pas ?

– Non, j'ai jeté mon étoile.

– Fais attention quand même !

J'examinai de nouveau ses papiers et fus rassuré : le billet, le laissez-passer, tout était en règle.

Nous montâmes dans le train et cela m'amusa de constater avec quelle facilité les Allemands s'étaient laissé berner. Ce gosse était juif et cela se voyait comme le nez au milieu du visage : ces cheveux noirs et frisés, ce nez crochu, ce regard lumineux, cette beauté mystérieuse propre aux peuples anciens.

Cela me fit rire et je me dis en moi-même : « Ils sont donc comme ça, ces Boches ? Comment auraient-ils réagi si on avait cousu une étoile de David sur la veste du Führer ? »

Nous subîmes bien une dizaine de contrôles avant d'arriver à Paris et personne ne se douta que je trimballais avec moi un sale petit Juif destiné aux wagons plombés et aux fours à gaz. Il n'avait que ses papiers et un sac à dos qui devait contenir ses fripes. Il ne possédait rien d'autre à part ça : ni biscuits ni bonbons, ni morceau de pain ni argent. Je dus couper en deux mon frichti pour ne pas le voir mourir de faim. À la gare de l'Est, j'ouvris mon porte-monnaie pour lui fourguer quelques pièces.

– Nous voilà à Paris, tu as quelque part où aller, je suppose ?

– Tu sais très bien où tu dois me conduire.

– Moi ?

– À la mosquée !

– À la mosquée ?

Il ne répondit pas et je compris qu'il était inutile d'insister. Nous parvînmes à la mosquée et je me dirigeai vers la porte latérale pour appuyer sur la sonnette. Saleh apparut avec sa djellaba et ses dents gâtées par les sucreries et le tabac.

– Ah, la jolie fille des Vosges ! Tu nous as apporté des oignons ?

– Non, je vous ai apporté ceci.

Et d'un air qui voulait dire que je n'étais pas contente, je montrai le gamin qui me parut soudain craintif, presque au bord des larmes, lui qui avait si bien crâné devant les cheminots et les Boches.

– Mais je n'attends personne, c'est une erreur, ça ne peut être que ça, fit-il en tentant de refermer la porte.

Mais le garçon avança sa jambe pour l'en empêcher et l'énergie qu'il y mit stupéfia l'Arabe, qui involontairement lâcha la porte.

– Monsieur, laissez-moi entrer, je vous en prie.

Le garçon avait toujours sa jambe coincée dans l'entrebâillement, et maintenant il pleurait à chaudes larmes.

– C'est une erreur. Je n'attends personne, moi. Allez, partez d'ici !

À cet instant, le petit Juif surmonta ses sanglots et, de toutes ses forces, aboya sur le visage de l'Arabe :

– Hâtons-nous lentement !

– Bon, bon, bon, se ravisa Saleh en montrant son abominable sourire. Allez, entre, mon petit. Et vous, partez d'ici ! Vous n'avez pas d'oignons ? Partez d'ici !

« Hâtons-nous lentement ! » Je n'en compris le sens que tard dans la nuit alors que je me tournais et retournais dans mon lit, littéralement frigorifiée, oppressée par tout le silence qui émane d'un dortoir de bonnes sœurs par une nuit de dimanche. Mais ce qui m'empêchait de dormir, ce n'était ni le froid ni l'angoisse flottant dans l'air de ce lieu austère voué au Christ, à la prière et au chagrin. Je me répétais ce qu'avait dit le petit Juif. Ces mots, je les avais déjà entendus, il y avait longtemps, très longtemps. Quelqu'un me les avait fourrés dans l'oreille pour qu'ils n'en sortent plus jamais. Je dus remuer mes souvenirs d'enfance pour dénouer l'énigme et, quand la réponse jaillit enfin, je pus m'endormir avec l'impression apaisante d'en savoir davantage sur l'existence.

Cette phrase était de Boileau, j'ai oublié le titre du livre mais je vois encore les doigts amoureux de monsieur Le Rognon, l'instituteur, pétrir son épaisse couverture noire ceinte d'un liseré rouge. Je sais que c'est un livre de Boileau, la lumière parmi les lumières, le maître à penser de monsieur Le Rognon. « Hâtons-nous lentement ! » Ces mots, on les retrouvait partout, sur la première page de nos cahiers, dans un coin du tableau, dans nos dissertations. Le petit Juif les avait ressortis comme s'il avait été de ma classe, comme si monsieur Le Rognon lui avait expressément expliqué ce qu'ils voulaient dire. Et Saleh s'était radouci, et Saleh lui avait souri, et les portes de la mosquée s'étaient refermées pour le protéger des calamités du dehors. J'ignorais que de simples mots avaient le pouvoir magique d'un sésame. Je ne savais pas que le monde se résumait souvent à des barrières et à des mots de passe. C'était le désastre, Monsieur. Survivre représentait déjà en soi un acte de résistance. Sauver sa peau revenait à sauver les autres, tous les autres.

Mais ça, c'est quelque chose que l'on ne comprend pas tout de suite. Il faut attendre la fin du cauchemar, que tout s'arrête : la famine et la peur, les parades militaires, le vacarme des trains, le déluge des bombes. Et c'est seulement lorsque les vallons ont repris leurs couleurs que vous réalisez à quoi vous venez d'échapper, et combien une parole, un geste insignifiant concourent à préserver la vie. Même moi, Monsieur, j'avais fait de la résistance à mon insu et sans l'avoir demandé.

Après l'épisode des oignons et du petit Juif, je compris pourquoi certaines nuits, j'entendais des chuchotements dans le salon, pourquoi je croyais reconnaître les voix de mon père, de votre oncle, du maire, de monsieur Le Rognon et même celle du colonel. Je compris pourquoi j'avais si souvent trouvé des inconnus en train de manger dans la cuisine de mâmiche avant de disparaître pour toujours. Et cette rumeur qui circulait dans le pays, selon laquelle des ombres bizarres surgissaient parfois de la forêt voisine (si voisine qu'elle en jouxtait le jardin) pour s'engouffrer dans le château du colonel ! Et ces gémissements et ces toux venant des étages, que mes petites cousines, les fillettes de nonon Totor, croyaient entendre quand elles y venaient pour prendre leur cours de piano !

Maintenant, tout cela est devenu clair, puisque les gens honnêtes ont parlé et que tout est écrit dans les livres. Mais à l'époque, nous étions dans le brouillard, les arbres avaient des airs d'épouvantails et les êtres humains accomplissaient des gestes incompréhensibles.

Par exemple, cet inconnu rencontré un jour alors qu'il marchait à quatre pattes, perdu dans les hautes herbes bordant le Mouzon. J'étais venu là cueillir de l'estragon pour mâmiche et je le vis qui cherchait à imiter les chiens.

– C'est comment pour aller à Bar-le-Duc ?

– Bar-le-Duc ? J'y ai jamais mis les pieds !

– Oh, bon Dieu, il fallait que je tombe sur une petite sotte comme toi. Tu n'aurais pas des habits civils par hasard ?

– Des habits civils !

Il ne répondit pas, il continua sa marche jusqu'à la rivière qui scintillait un peu plus loin. Sans enlever son uniforme, il plongea et nagea à grandes brassées, puis il sortit des eaux, avala à toute vitesse la distance qui séparait la berge de la forêt et disparut sous les arbres.

Quand je repris la route de Romaincourt quelques minutes plus tard, je tombai nez à nez sur un soldat allemand qui me salua dans un excellent français avant de me dire ceci :

– J'ai perdu mon prisonnier, mademoiselle, ne l'avez-vous pas rencontré ?

– Bien sûr que si !

Je lui montrai le sud, sachant bien que le fugitif avait pris le nord :

– Vous voyez, là-bas, après les hautes herbes et l'îlot de fougères, vers la ferme abandonnée, c'est là que je l'ai rencontré, monsieur.

Le Boche esquissa une révérence avant de poursuivre sa route. Je venais à ma façon, de sauver la patrie.

Quels liens entre Addi, Yolande, Arbuger et les autres avec la mosquée de Paris ? Au fond, nul ne le saura jamais. Là-dessus comme sur tout ce qui touche à cette période, on en est réduit aux ragots et aux demi-vérités que l'on trouve dans les livres.

Retenez que la première mission de la résistance fut de faire passer en Suisse, puis en zone libre, tous ceux qui se sentaient en danger : les tirailleurs en errance, les prisonniers de guerre évadés, les aviateurs anglais, les Juifs, les Alsaciens qui avaient décidé de fuir la germanisation. Et l'on sait aujourd'hui que la mosquée de Paris, qui fut un haut lieu de la résistance, a abrité un nombre considérable de Juifs. Et je sais qu'au moins un Juif, le mien, est parti de Romaincourt pour la rue Georges-Desplas. Il y en a eu certainement d'autres, comme peut-être il y a eu d'autres visites d'Addi Bâ chez ses amis Saleh et Abdallah à une époque où quitter la zone grise revenait à tenter l'épopée. Comment expliquer sinon ce Noël magique où, après une de ses coutumières longues éclipses, il était réapparu pour m'offrir du chocolat et garnir d'oranges les sabots de mes cousines Mathilde et Béatrice, les filles de mon oncle Hector, alias nonon Totor ?

Sa vie comporte des zones d'ombres que plus rien ne viendra éclairer. Il y a par exemple cette étrange affaire de Chaumont qui jaillissait, absurde et inopinée, dans ses conversations et faisait parfois douter de son état mental, lui si tranquille, si raisonnable, si sûr de lui.

« À quelle distance sommes-nous de Chaumont ? »

Cette phrase, il avait dû la poser à tous les Vosgiens que le bon Dieu avait mis sur son chemin sans que personne en comprît le sens. C'est seulement après la guerre, alors que le colonel Melun, Célestin et la Pinéguette avaient depuis longtemps commencé leur zinzin, et qu'ils étaient sur le point de vous localiser là-bas en Guinée, que l'on en apprendra un bout.

Selon Melun, à Harréville-les-Chanteurs, les prisonniers du 12e RTS avaient été divisés en deux : une partie pour la caserne Rebeval de Neufchâteau, l'autre pour le Frontstalag de Chaumont.

À Neufchâteau, il s'était retrouvé avec Fodé, Moriba, Zana et Diougal dont je vous ai déjà parlé. Cela voulait dire que les autres, Tchivellé le Congolais, Moussavou le Gabonais et surtout, l'Ivoirien Va Messié qui passait pour son meilleur ami se trouvaient à Chaumont.

Fodé et Moriba avaient été tués, Zana et Diougal disparus, cela, il le savait. Il savait aussi qu'il valait mieux se trouver dehors mort ou vivant que de moisir dans une prison allemande. Imprudent et buté comme je le connaissais, il n'est pas impossible qu'il se soit mis dans la tête qu'il devait les sortir de là : son honneur d'ami et de militaire et tout le tralala.

On sait maintenant que sur le chemin de Paris, il avait fait une petite halte à Chaumont où on l'avait vu rôder autour de la caserne allemande et poser de drôles de questions au buffet de la gare.

Il y a une autre chose qui intrigue. Au maquis de la Délivrance, il avait fait construire une cahute à l'écart regroupant autour de lui une dizaine de recrues, dont Bertrand et Armand Demange, pour leur tenir des propos qui ressemblaient fort à un appel à la mobilisation : « Vous restez aux aguets ! Je peux avoir besoin de vous d'un instant à l'autre. »

Pourquoi avoir tant cherché à entrer en contact avec le réseau Debernardi qui opérait à Chaumont pour le compte de la résistance ? Yolande, la femme la mieux informée des Vosges, s'était doutée de quelque chose. À ce sujet, l'Étienne se souvient d'une violente dispute (sans doute la seule) entre la « maman » et le « fils », une nuit, dans son petit appartement d'institutrice.

– C'est de la folie, un égarement de gamin ! Vous vous rendez compte, vous allez foutre en l'air un travail de deux ans et mettre en danger la vie de centaines de personnes !

– Je dois les sortir de là, maman ! Ce n'est pas une promesse, c'est un serment !

– Le serment d'un irresponsable qui agit par sentiment, sur un coup de tête ! Ne m'obligez pas à douter de vous, Addi Bâ !

– C'est jouable, tout à fait jouable, j'ai calculé tous les risques.

– Envoyer des gamins se faire tuer dans un acte de désespoir, c'est ce que vous appelez des risques calculés ? Le Frontstalag de Chaumont est imprenable et vous le savez. Le Reich a décidé d'éliminer sans pitié les gaullistes et les évadés et il s'est depuis suffisamment organisé pour cela. Non, ce serait juste une catastrophe : vos amis mitraillés, les Chaumontais pris en otages, notre réseau décapité, c'est ça que vous voulez ?

– Ils n'ont pas fait tout ça quand on s'est évadés de Neufchâteau.

– Neufchâteau, c'était il y a trois ans, le monde a beaucoup changé depuis.

– Vous devez comprendre, maman !

– Assez discuté, Addi ! On en a traîné au conseil de discipline pour moins que ça.

Il s'était avancé vers elle en silence, il l'avait saisie dans ses bras et ils étaient restés là longtemps collés l'un à l'autre, les yeux fermés et le souffle court.

Puis il s'était dégagé en regardant sa montre.

– Je dois partir, maman, je vous souhaite le bonsoir !

Addi garda la cahute qu'il avait fait construire à l'écart, sans changer d'idée, malgré son entrevue houleuse avec sa « maman ». Tant mieux, se dit-il, il n'y a pas que Chaumont, j'aurai besoin d'un groupe de choc dans les semaines à venir si j'en crois Radio-Londres.

La Délivrance fonctionnait sans attirer sur elle la bouche nuisible des collabos et les yeux impitoyables des Boches. Addi écumait les fermes pour trouver de la nourriture et surtout pour dissuader les parents d'envoyer leurs enfants au STO.

Alex et Simon rôdaient dans les gares et les forêts voisines pour récupérer les fugitifs et les orienter vers la ferme de la Boène.

Les Houillon les enfermaient dans la grange, le temps que votre oncle vienne les chercher pour les monter au Chêne du Partisan. Fin mai 1943, ils n'étaient pas moins de cent cinquante.

L'ambiance était assez bonne, malgré les chapardages (de chaussures et de cigarettes, notamment) et les parties de quilles qui finissaient souvent en bagarres. On ne compta ni accident grave ni épidémie et le ravitaillement fut souvent bien meilleur que dans les familles. Yolande Valdenaire, qui connaissait tous les commerçants de Petit-Bourg et de Saint-André-les-Vosges, apportait du riz, des pâtes, des cigarettes et des bougies. Addi, qui était devenu l'enfant du pays, obtenait des paysans tout ce qu'il demandait : le fromage, le lait, les œufs, les radis et les choux. Huguette, quant à elle, offrait chaque semaine de la semoule et du pain, parfois même des bières.

Au réveil, on faisait quelques exercices, on nettoyait les fusils, on les démontait, on les remontait avant de les démonter à nouveau. Pour changer un peu, il les laissait jouer aux cartes, chanter des chansons paillardes et danser en imitant les Zoulous même s'il n'aimait pas beaucoup ça. Oh, si cela les amuse, se disait-il, pourvu qu'ils se mettent au garde-à-vous en me voyant arriver !

Et bientôt, ils se mettaient à bâiller en lançant dans le vide les mêmes questions qu'hier et demain :
– Qu'est-ce qu'on attend pour se battre ?
– On s'emmerde jusqu'à quand ?
– Qu'est-ce qu'ils foutent là-bas, à Londres ?

Ils n'étaient pas les seuls à se les poser. Elles trottaient aussi dans la tête de leur chef. Exaspéré, Addi les jetait à la figure de Yolande ou d'Arbuger qui, de nouveau, lui reprochaient son impatience puérile, l'un des rares défauts qu'on pouvait lui connaître.

– C'est Londres qui décide, nous attendons les ordres de Londres !

– Mais maman, qu'ils commencent au moins à parachuter les armes !

– Ils le feront quand ils jugeront bon de le faire.

– Qu'ils nous envoient juste quelques explosifs. Nos mousquetons ne pourront rien contre leurs tanks. Ce sont des explosifs qu'il nous faut.

– Les actes de sabotage sont prévus pour bientôt. La résistance, c'est un concert, mon fils, pas une cacophonie où chacun trompette dans son coin.

– C'est qu'ils s'ennuient, mes enfants, maman.

– Occupe-les, il y a déjà suffisamment à faire. Déjà, les détourner du STO est un grand coup porté à l'ennemi.

– J'ai peur qu'ils ne désertent.

– Pour aller où ? Ils sont tous dans le fichier de la Gestapo. Le choix est devenu mince pour eux : notre camp à nous ou alors celui des Allemands.

– Le camp de l'ennui ou celui de la mort !

Ce genre de discussion pouvait durer des heures. Outre son impatience, elle lui reprochait sa raideur militaire, cette idée vieillotte qui l'habitait, selon laquelle tout est affaire de volonté, de clairvoyance et de discipline. Elle avait tenté en vain de lui faire comprendre que la résistance à l'occupant repose sur la patience et la psychologie. Il répondait : « Bien sûr, bien sûr, maman ! », avec la voix d'un enfant qui acceptait sa punition tout en ayant du mal à reconnaître sa faute.

Pour lui, les Allemands avaient envahi ce pays par la force, seule la force pouvait les en déloger. Si la moitié de la France se vautrait honteusement dans les bouges de l'ennemi, l'autre moitié ne cherchait qu'à se battre. Les gaullistes devaient parachuter des armes, au lieu de perdre leur temps à discuter dans les beaux salons de Londres avec de vieux diplomates atteints de myopie et menacés par la surdité.

À cette époque, ils avaient cessé de se rencontrer dans le petit appartement de l'école : Yolande, en se réveillant un matin après avoir dormi là pour éviter une tornade, avait surpris en ouvrant la fenêtre un inconnu tapi derrière le sureau, qui regardait dans sa direction avec des jumelles. Quand elle le pouvait, elle venait le retrouver chez lui et ils restaient quelques instants enfermés là-haut. Avec son fichu qui lui recouvrait la tête jusqu'au menton, sa silhouette longiligne, ses pas feutrés, sa capacité à se fondre dans les murs, dans les poteaux ou dans les arbres, elle en devenait presque invisible. Il fallait vraiment ouvrir les yeux et se persuader que ce n'était pas un mirage, quand elle montait chez Addi ou en sortait.

Pour faire diversion, ils se voyaient le plus souvent sous les bois, sous les gloriettes des jardins publics, sur les quais des gares ou mieux encore, en pleine journée, dans les lavoirs où ils faisaient semblant de frotter du linge. Ils conversaient à demi-mot, parlant comme tout le monde mais sans se faire comprendre des autres.

Un jour, elle frappa chez lui et personne ne répondit. Des coups assez énergiques pour que je les entende depuis la cuisine où je m'affairais. Quand j'arrivai sur le perron, elle était toujours en train de frapper.

– Il y a deux jours qu'on ne l'a pas vu ! fis-je observer.

– Peste ! Sans doute chez cette Zénette.

C'était un murmure qui lui avait échappé et je ne compris pas tout de suite si elle parlait d'une Suzette, d'une Zanette ou d'une Zénette.

– Pardon, madame ?

– Oh, rien, mademoiselle. S'il y a deux jours qu'il est parti, c'est qu'il ne va pas tarder, n'est-ce pas ?

Voyant que je ne répondais pas, elle cessa de frapper et me demanda :

– Votre père est là ?… Ni votre mère, ni votre…

– Non, ils sont tous à Fouchécourt pour la foire à bestiaux.

– Ah, que c'est navrant ! Vous avez quel âge, mademoiselle ?

– Vingt ans !

– Puis-je vous laisser cette sacoche ? Vous la lui donnerez à son retour.

Elle sauta sur son vélo mais se ravisa en arrivant au monument aux morts, fit demi-tour et ajouta ces mots, sur un ton plutôt angoissé :

– S'il vous plaît, mademoiselle, ne l'ouvrez pas, et surtout, ne la donnez à personne d'autre.

Puis elle repartit sans attendre ma réponse, persuadée sans doute que je ne pouvais que lui obéir. Je traînai la sacoche jusque dans ma chambre. Je la cachai sous mon lit, lorgnant la fermeture Éclair sans oser y toucher.

Mais arrivée à la cuisine, mes mains se mirent à me démanger comme si des rangées de fourmis grouillaient dans mon sang. Je remontai dans ma chambre et, avec une curiosité avide, entrouvris brusquement la ferme-ture Éclair. Ce n'était que du papier, des liasses et des liasses de papier reliées par des trombones, assorties de photographies portant le tampon de la gendarmerie ou celui de la Feldkommandantur. Il est facile d'en déduire aujourd'hui qu'il s'agissait de fausses cartes d'identité, de faux laissez-passer, de fausses cartes de ravitaillement, de faux billets de train. Mais j'avais vingt ans, mon esprit s'ouvrait à peine sur un monde qui prenait plaisir à se dérober.

Je venais une nouvelle fois de toucher un bout du mystère qui se jouait autour de moi, et qui a fini par s'éclaircir avec votre arrivée ici il y a seulement deux jours. Maintenant, voilà cette plaque, là-bas, luisant sous le soleil, aussi chère pour nous qu'un diamant ramassé au coin de la rue ; et vous voici en train de m'écouter, assis sur ce perron où il s'est lui-même maintes fois assis. J'ai l'impression que l'histoire est en train de recommencer puisque vous avez le même nom, puisque vous avez la même taille, les mêmes yeux, le même nez. Puisque vous avez comme lui ce sourire étincelant, ces gestes lents et graves, cette tranquillité d'âme, cette prodigieuse prédisposition à séduire, à convaincre, propres aux gens de chez vous. La diffé-rence, c'est ce boubou amidonné, ce bonnet phrygien brodé de vert et de bleu et de violet et de jaune, alors qu'il arborait le plus souvent l'uniforme de tirailleur. La différence, c'est votre manière de prier, vous le faites à haute voix, au vu et au su de tous, alors qu'il s'y adonnait dans sa chambre ou bien là-bas, près de l'épicerie, derrière la citerne. Je vous vois, nouveau, exotique et lointain, aussi assorti à Romaincourt qu'un hectare de palmiers sur les neiges du mont Blanc et je me dis qu'ils ont bien fait d'agir ainsi, Célestin, le colonel, surtout le colonel, et même la Pinéguette, oui, oui, même la Pinéguette. Sans eux, vous ne seriez pas là, Monsieur. Et pourtant, il le fallait, que vous soyez là pour boucler la boucle, pour permettre à cette histoire de prendre tout son sens, d'occuper tout son volume afin qu'en vous la racontant, je puisse l'apprendre moi-même. Et pourtant, j'ai bien failli ne jamais vous voir. Pour commencer, il fallait déjà savoir que vous existiez.

Il s'est écoulé des années entre les premiers contacts avec l'Afrique et votre présence ici. Des années au cours desquelles elle nous aura fait subir un véritable lavage de cerveau comme cela se passait alors au Cambodge ou en Chine.

Ils s'étaient évidemment réparti les tâches comme tous ceux qui savent arriver au bout de leur peine. Elle, l'éveil des consciences comme elle disait. Les tracts, les journalistes, les défilés, les meetings. Lui, le travail de fond. Les archives, les couloirs des ministères, la patience de l'enquêteur, la logique du pédagogue.

Les ministères n'étaient jamais d'accord. Les Affaires étrangères demandaient ce papier-ci, la Défense nationale ce papier-là, et aux Anciens combattants, on répondait qu'aucun des deux n'était valable. Et lorsque, rouges d'embarras, les fonctionnaires durent déchausser leurs lunettes et admettre que la Libération l'avait honteuse-ment écarté parce qu'il était noir, lorsqu'il fut acquis que soixante ans plus tard cette médaille lui revenait de droit, commença le gros du travail : déterminer d'où il venait exactement, prendre contact avec sa famille et tenter de faire venir un frère, un neveu, un cousin pour assister à la cérémonie.

Nous savions qu'il était né en Guinée, nous savions qu'il avait grandi à Langeais. On le croyait de Conakry puisque ses papiers le prétendaient, avant que l'on ne réalise que l'état-civil, encore embryonnaire là-bas, y faisait naître tous les enfants de la colonie. En vérité, il n'avait pas d'acte de naissance. Il était indiqué qu'il avait vu le jour tantôt vers 1915, tantôt vers 1916, ou vers 1917 selon le bureau auquel s'adressait le colonel Melun. À ces vagues indications, s'ajoutait une difficulté de taille : la situation que vivait votre pays à cette époque. C'était déjà la dictature, quelque chose à la soviétique ; un goulag tropical avec non plus un mur de Berlin mais de bambous, cependant si épais que personne ne pouvait entrer ou sortir à part les troupeaux de buffles et les moustiques. Mais la Pinéguette, qui était une maligne, pensa à Va Messié, l'ami ivoirien de votre oncle. La Côte d'Ivoire était plus ouverte, plus accessible que la Guinée. Il restait une petite chance de ce côté-là si jamais Va Messié vivait encore.

Elle se souvint qu'une amie rencontrée à la Sorbonne avait été mariée là-bas, elle se dépêcha de lui écrire et reçut une réponse par retour de courrier. Je me rappelle très bien cette lettre avec son enveloppe bleue et blanche marquée de rayures rouges et ses grands timbres de deux pouces qui montraient des zèbres en liberté et commémoraient je ne sais quel anniversaire de la fondation Raoul Follereau. Elle nourrissait ma collection de timbres. La Pinéguette écrivait au monde entier, du monde entier elle recevait des lettres : les féministes américaines, les nationalistes basques, les maoïstes du Népal, les militants anti-apartheid, les Kurdes de Turquie, les Tziganes de Roumanie, les homosexuelles d'Amsterdam.

Cette fois elle était bien tombée. Béatrice (ainsi s'appelait sa correspondante) ne connaissait pas ce monsieur, mais son mari qui était de la même tribu allait se renseigner.

Trois mois après, elle nous indiqua qu'elle avait réussi à rencontrer Va Messié qui vivait toujours, mais dans un état de santé si déplorable qu'il ne se souvenait plus si votre village s'appelait Bomboli ou Bombona. Cependant elle restait confiante : son cuisinier avait pour voisin un Guinéen qui pourrait peut-être les renseigner. Voilà comment nous apprîmes le nom de Pelli Foulayabé, le véritable nom de votre patrie, un hameau situé à un battement d'ailes de Bomboli. La Guinée, entre-temps, s'était dotée d'une nouvelle dictature, pro-occidentale cette fois, plus ouverte au courrier et aux visiteurs. Dans une lettre plus détaillée, Béatrice nous livra une foule de renseignements. La sœur et les deux grands frères d'Addi Bâ étaient tous morts, laissant de très nombreux enfants. Son jeune frère vivait encore et avait quatre femmes, un garçon et une fille. *Le garçon porte le même nom que son oncle. De toute la famille, il est le seul à savoir lire et écrire : c'est un douanier actuellement en stage à Cuba*, précisait-elle. À votre retour de Cuba, deux ans plus tard, elle nous adressa une nouvelle lettre : *J'aimerais savoir comment vous pensez remettre à la famille la distinction à titre pos-*

thume. Si une personne doit venir en France, à mon
avis ce sera le douanier mais il n'a pas d'argent, la
France va-t-elle payer son billet ?

Le colonel Melun retourna dans les bureaux, tandis
que la Pinéguette, se croyant dans un meeting, passait
de maison en maison pour nous faire cracher dans
le bassinet : « Cent euros chacun, vous lui devez au
moins ça ! »

Vous voyez : il fallut toute une odyssée pour que
vous soyez là. Là, pour le représenter, pour que votre
visage rappelle le sien, pour que sa vie se prolonge en
vous. Et je me dis que c'est une bonne chose. Je vous
regarde, enveloppé dans votre boubou, le cou droit,
les jambes croisées, assis de cette manière insolite qui
nous fait croire que là-bas, vous êtes tous et tout le
temps en pourparlers avec les anges. Je vous regarde
et je pense à ce qu'il m'avait dit après la pendaison
de Pascal : « Ça ne tient à rien, une vie, et c'est pour
cela que chacun se bat tant pour sauver la sienne. »

Cette plaque, là-bas, baignant dans la lumière de
Jésus, cela veut dire qu'il est revenu chez lui, que plus
jamais cette maison ne connaîtra le vide. Elle ne fait
pas que célébrer un brave, elle ne fait pas que réparer
une injustice, elle nous sort du doute, elle fixe une
fois pour toutes la mémoire. Cet homme ne fut pas un
fantôme de passage, aperçu en train de slalomer entre
les arbres, à califourchon sur une vieille bécane, figé
dans son uniforme de tirailleur. C'est à Romaincourt
qu'il a vraiment vécu, c'est pour Romaincourt qu'il
est mort. Il fait partie de la mémoire d'ici, il est la
mémoire d'ici : le premier homme à donner son nom à

une rue de ce village. La rue Addi-Bâ, voilà qui parle mieux que la rue de l'École, la rue de l'Église. Elle vivrait encore, la Pinéguette serait ravie de voir ça, une plaque flambant neuf, juste à l'endroit où elle la voulait, juste au niveau du sillon qui sépare les deux maisons, celle où les Allemands l'ont traqué et celle où elle a grandi.

Elle s'était battue toute sa vie pour qu'il soit son père, pour que les Vosges, la France, le monde entier, reconnaissent combien fut exemplaire son bref passage sur terre. Ce combat, elle l'avait mené nuit et jour avec toute la férocité qui était la sienne. Elle rappelait les animaux de chez vous, la Pinéguette, la panthère plus encore que l'hippopotame ou le lion. L'hippopotame est lourd ; le lion trop noble, trop altier, trop fier. Elle avait la férocité rapide, simple et efficace de la panthère : elle ne griffait pas, elle ne mordait pas pour se pavaner. Elle le faisait parce que c'était la plus sûre manière d'obtenir ce qu'elle voulait. Une fois qu'elle était arrivée à son but, elle oubliait tout le mal qu'elle vous avait fait, aussi bien que les coups qu'elle avait dû encaisser. Elle n'avait rien de négroïde mais elle avait le tempérament de vos climats : des ouragans bibliques entrecoupés d'éclaircies brèves et apaisantes.

La voilà enfin définitivement apaisée dans les bras de Jésus ou pétrifiée par les laves dans ceux de Satan. Celui qu'elle croyait être son père, celui qui lui chantait des berceuses africaines et qui lui a prodigué les seules caresses de son enfance, est maintenant tiré de l'oubli grâce à elle. Dieu lui aura peut-être pardonné ses montagnes de péchés, bien que ce ne soit pas dans sa nature de pardonner aux démons. Je dis ça,

Monsieur, tel que cela me sort du ventre, mais j'avoue que j'aurais ressenti un joli pincement au cœur si elle avait été là, inondée de bonheur devant cette plaque qui a absorbé sa vie, devant cette rue qui, grâce à elle, dorénavant porte un nom.

C'est le colonel Melun qui vous a accueilli puisqu'elle n'était plus de ce monde pour vous attendre à l'aéroport. C'est lui qui vous a conduit à la cérémonie d'Épinal. Je vous ai reconnu tout de suite, pas parce que je vous attendais, pas seulement du fait de votre boubou, mais à cause du nez minuscule et droit, à cause de ce corps menu, à cause de la voix, cette voix fraîche, paisible et forte que l'on avait tant et tant de fois entendue sous ce toit où nous nous trouvons. Personne, même pas le maire, n'eut le temps de vous poser les questions qui nous étouffaient. Nous devions déjeuner vite pour être à l'heure au mont de la Vierge où il a été fusillé, mais vous avez très vite disparu dans la mer des képis et des hauts-de-forme qui ondoyait autour de nous. Chacun voulait vous saluer, chacun voulait vous voir de près, glorifier votre oncle et dire un mot gentil sur vous ou sur votre pays. Il en fut de même au Chêne du Partisan et ici, à Romaincourt.

J'avais envie de vous tirer de là et de vous dire : « Venez, ces gens n'en savent rien. C'est moi qui ai gardé ses photos et ses lettres, son Coran et ses papiers militaires. Il écoutait la radio chez mes parents, il brodait chez mâmiche Léontine. Je lui ai servi de messagère à Paris, je n'en savais rien. Pour finir, je m'étais décidée à lui laver ses chaussettes, il n'en savait rien. Venez, dans ma tête tout cela est si proche que parfois je crois sentir son haleine et entendre le bruit de ses pas ! » Ils pensaient vous mettre dans un hôtel. Un hôtel alors non, pas tant que je serai vivante ! Vous dormirez où il a dormi, vous mangerez où il a mangé, c'est ce qu'il aurait souhaité s'il pouvait crier depuis la nécropole de Colmar.

C'est rien, soixante ans ! Quand il est mort, votre père était un gamin, moi, une gentille adolescente et vous, même pas encore inscrit dans les intentions du bon Dieu. Soixante ans ! Le calendrier n'a qu'à faire ce qu'il veut, personne ne m'empêchera de penser que tout cela s'est passé ce matin, au plus tard hier soir. C'est ainsi que travaille la vieillesse, Monsieur : elle déterre les souvenirs anciens pour mieux enfouir le présent. Votre arrivée ici précède celle de votre oncle, c'est ce que veut me faire croire mon esprit.

Cette fête de la Saint-Nicolas ou si vous préférez de la Saint-Barthélemy des cochons, elle est toute neuve, tout intacte dans un coin de mon cerveau, et quand je la revois, j'ai l'impression que c'est maintenant qu'elle se déroule pour de vrai.

J'avais un peu abusé de la liqueur de mirabelle ce soir-là et je savais qu'il n'aimait pas ça, ni les fêtes campagnardes avec leurs flonflons et leur épouvantable odeur de cochonnaille et de gnole. Il n'en ratait pourtant aucune. C'est dans les communions, les baptêmes, les Noël et les Saint-Nicolas qu'il avait tissé la corde inusable qui le lie encore à cette terre. C'est dans ces fêtes familiales qu'il avait noué des alliances et inspiré confiance au plus grand nombre. Il fermait les yeux sur le jambon et la liqueur de mirabelle, rigolait avec tout le monde et se levait quand on l'invitait pour faire quelques pas de soyotte.

Ce soir-là, je l'avais fait danser plus qu'il ne le voulait, parce que j'avais bu, parce que je voulais l'occuper, l'empêcher de répéter les mots qu'il venait de prononcer : « Quand vous aurez fini de grandir, Germaine, c'est celui que je vous offrirai comme fiancé », en me montrant l'Étienne qui était un peu plus guilleret que moi. Vexée qu'il dise cela devant tout le monde, je le taquinai sur ce que sa personne avait de plus sensible : sa vie de bourreau des cœurs, cette part cachée de son existence. Je dis cachée parce que tout le monde fermait les yeux là-dessus par égard pour « le sergent ».

Et en le faisant tournoyer j'avais répondu en rigolant : « Un fiancé ? Mais mon beau tirailleur, c'est moi qui vous en aurais offert une si vous n'en aviez déjà trop. » Et il avait fait sa moue légendaire et répété pour la énième fois cette phrase que j'entendrai pour la dernière fois, la veille de son arrestation : « Ma parole, je vous redresserai, Germaine ! *Wallâhi*, je vous redresserai ! »

Cette soirée sema le trouble en moi. Tout en dansant avec lui, je jetai un coup d'œil rapide sur l'Étienne pour voir s'il ferait un fiancé probable. Je l'avais toujours vu en béjaune, en adolescent quelconque souriant et naïf, et comme tous les garçons des Vosges, amateur de chasse, de jeu de quilles et de cueillette de champignons. Pour la première fois, je le voyais en homme, et, sans doute sous l'effet des paroles d'Addi Bâ, je lui trouvais quelque chose de mûr, quelque chose de viril, quelque chose de séduisant. Je tombai amoureuse de lui et peut-être qu'il en fut de même pour lui. Sur la suggestion de votre oncle, cette soirée marqua le début d'un long flirt pour lui et d'une passion dévorante pour moi. Sa tignasse blonde et ses yeux qui ressemblaient à ceux de Louis Jouvet m'avaient complètement fait oublier Pascal.

Dans nos campagnes, Monsieur, il est de tradition d'offrir les cousines aux cousins et je sais par votre oncle que cela se passe exactement comme ça chez vous. Je fus très tôt promise à Pascal. Mes parents pensaient célébrer les fiançailles dès que celui-ci serait revenu du tour de France. Hélas, vous connaissez la suite.

Oh, ne croyez pas que j'en garde une quelconque amertume. La vie m'a appris à rater le coche et à tourner la page. Aucun avenir n'est possible si on ne prend pas la peine de refermer la porte sur les fantômes du passé. Je n'en veux pas à Asmodée de m'avoir pris mon Pascal, Monsieur, non, je lui en veux de l'avoir détruit, je lui en veux d'avoir collé à ses bâtards le beau nom de Tergoresse.

Mais ce n'est pas facile de tourner la page. Vous avez beau faire, il vous restera toujours du chagrin à ruminer. J'en étais encore à ruminer ce qui me restait du mien quand votre oncle est arrivé. Vous vous rendez compte, le premier Noir du village, imposant malgré sa petite taille, souriant, bien mis, distingué. Quelqu'un qui, à un moment où sa race passait pour la plus vile de l'humanité, a réussi à s'imposer sur tout un canton de France.

Secrètement, je me mis à reporter sur lui l'amour que j'avais nourri pour Pascal. Je rêvais que la guerre était finie. Je le voyais en uniforme de colonel venir s'agenouiller devant mon père pour lui demander ma main. Tout Romaincourt, en robes blanches et en costumes de velours, les enfants tenant des calicots et les adultes des guirlandes de fleurs, m'accompagnaient au bateau au rythme d'une magnifique fanfare nuptiale. Là-bas, bien sûr, il aurait été le roi, et moi la reine. Et nous aurions eu notre palais au bord d'un grand fleuve serpentant entre les baobabs, les troupeaux de buffles et de zèbres. C'était un amour secret, terrifiant et impossible. Je m'efforçais de ne pas y penser trop souvent. Devant lui, je jouais à l'indifférente ou à la petite fille teigneuse, de peur qu'il ne se doute de quelque chose. Je faillis l'embrasser, le soir où il me parla de l'Étienne, mais je sus me contenir.

Le lendemain, pourtant, c'est le visage de l'Étienne qui flottait dans mon esprit. Montrez-moi un dromadaire et dites : « C'est ça l'amour ! » et mon cœur, sans hésiter, va se mettre à vous croire. À mon réveil, je sautai sur mon vélo et je pris le chemin de Petit-Bourg. Je passai devant sa maison où je savais qu'il se trouverait dans la cour en train de casser du bois.

– Bonjour, l'Étienne !

– Tiens, voilà la Germaine ! Tu ne passes jamais par là, qu'est-ce qui t'arrive ?

– Mes parents m'ont envoyé à Saint-André-les-Vosges pour troquer du fromage contre du jambon.

– Ah, et tu veux que je t'accompagne ? Mes parents sont à l'hôpital de Nancy !

– Ça ne s'arrange donc pas, les poumons de ton père ?

– Et non ! fit-il en baissant la tête comme s'il voulait cacher une honte. Alors, je t'accompagne,

– Certainement pas !

Et je regrettai immédiatement d'avoir dit cela.

– Oh, oh, tu as peur, n'est-ce pas ? Un garçon et une fille, pédalant tout seuls en rase campagne…

– Je ne veux pas que tu m'accompagnes, c'est tout !

– Et si on se voyait demain à la crête de la Sapinière ?… Qu'en penses-tu, de ce que le sergent a dit ?

– Je n'en pense rien, de ce que le sergent a dit, hurlai-je en disparaissant dans le virage.

Après avoir fait la vaisselle et lavé le linge de mâmiche clouée au lit par une méchante névralgie, je traversai le jardin et fis quelques pas en direction de la crête de la Sapinière. Je ne venais pas pour le rendez-vous, je ne venais pas pour le voir. D'ailleurs, il n'avait pas fixé d'heure. Je venais parce qu'il m'arrivait souvent de m'égarer de ce côté pour sentir l'odeur des pins et voir les écureuils s'ébattre.

– Ah la voilà ! cria une voix derrière moi alors que je m'abaissai pour cueillir une fleur.

– Je ne suis pas venue pour toi, l'Étienne !

– Je n'ai rien dit ! Je connais un joli ruisseau de l'autre côté de la colline, en direction de Méricourt. Je pourrais t'y pêcher de beaux silures argentés.

– À condition que tu ne me parles pas de ce qu'a dit le tirailleur.

Il n'y eut pas de silures argentés parce que nous n'arrivâmes jamais à ce ruisseau. Dès qu'autour de nous la végétation devint touffue, il posa sa main sur mon épaule. Et comme il voyait que je ne la retirais pas, il la fourra dans ma chevelure et très vite, plaqua ses lèvres contre les miennes et me renversa sur la litière. J'avais dix-huit ans et c'était la première fois que j'embrassais un garçon.

Cela dura jusqu'à la fin de la guerre, jusqu'à ce qu'il parte à Paris. Nous nous retrouvions en cachette sous les bois ou sur les chemins de campagne pour nous embrasser, et rêver à notre avenir. Il ne parlait jamais de lui, il se contentait juste d'évoquer parfois le cauchemar qu'il vivait, là-bas dans la chaumière de Petit-Bourg.

C'est vilain ce que je vais vous raconter maintenant, mais un jour je les vis monter tous les deux dans sa chambre, Yolande et lui. C'était la première fois que cela se produisait. Ils y restèrent longtemps alors que d'habitude, les visites de Yolande Valdenaire ne dépassaient pas quelques minutes. Intriguée, je montai et collai mon oreille à la porte. Et voici ce que j'entendis :

– Je me suis aménagée une couchette dans la pièce à provisions.

– Vous ne l'aimez plus, maman ?

– Je ne sais pas, je ne sais plus. J'ai peur.

– Peur de ne plus l'aimer ?

– L'amour ne suffit pas, mon fils. J'ai besoin d'admirer.

– Il sait que vous me voyez ?

– Il s'en doute. Au début, il m'engueulait. Maintenant c'est le grand silence, comme dans tous les couples où il ne reste plus grand-chose.

– Et l'Étienne ?

– Il subit et se tait comme tous les enfants bien élevés.

– C'est de ma faute, n'est-ce pas ?

– Vous n'aviez qu'à ne pas vous retrouver au mauvais moment et au mauvais endroit.

– C'est la guerre, maman !

– Vous remettez tout sur la guerre. C'est la faute à la guerre de tomber amoureux de toutes les femmes des Vosges ? Votre vie nocturne commence à faire jaser. Avez-vous vraiment besoin d'autant de femmes ?

– Je ne bois pas, je ne fume pas, maman. J'ai besoin de m'amuser, maman. Vous n'êtes pas jalouse, au moins ?

– Un peu.

– Qu'est-ce qui nous arrive, maman ?

– Je ne sais pas. Laissons cette guerre passer, nous verrons plus clair après.

– Oui, oui, les mots seront plus faciles à dire.

– Parlez-moi de cette Zénette !

– Zénette ? Comment savez-vous ?

Il se mit à rire.

– Je n'aime pas ce rire, Addi, c'est celui que vous avez à chaque fois qu'une question ne vous plaît pas.

C'est à ce moment que j'éternuai, qu'ils ouvrirent la porte et que je rougis comme une tomate en me confondant en excuses.

Après la guerre, cette histoire-là ne sera jamais complètement élucidée dans ma pauvre vieille tête. L'une était la « mère » et l'autre le « fils ». Leurs deux corps avides se désiraient l'un et l'autre sans jamais, jamais oser se toucher. Cela, tout le monde le devinait mais personne dans les Vosges ne se permettra d'en parler, ni au temps du maquis, ni plus tard.

J'admire le courage et l'esprit de sacrifice de ces deux-là, Monsieur. J'admire encore mieux leur relation chaste, douloureuse et passionnée qui résistera aussi bien à l'amour qu'à la guerre, aux périls de la clandestinité qu'à la mort.

Votre oncle représentait pour moi les deux visages de Janus. Quand il y avait quelqu'un dans ma vie, je voyais en lui le père et quand il n'y en avait plus, il prenait le visage de Roméo. De la Saint-Barthélémy des cochons au peloton d'exécution, il fut le père. Maintenant qu'il est mort et que le fiancé qu'il m'avait offert est parti, il incarnera pour toujours l'amour que je n'ai jamais vécu.

L'Étienne et moi, nous étions pourtant bien partis. La première année, ses colis et ses cartes postales affluèrent à raison de deux par semaine puis ils s'espacèrent et finirent par disparaître complètement. Je mis une croix sur mon orgueil pour lui adresser une lettre. Sa réponse fut rapide : *Nous étions si jeunes, ma petite Germaine ! Tu ne crois tout de même pas à la rigolade du sergent ?*

Je m'enfermai un mois dans ma chambre, honteuse de mes yeux rougis par les larmes.

Le coup de grâce me fut donné au Noël suivant, lorsque ses faire-part de mariage commencèrent à circuler dans le pays. Alors, je me mis à sortir les photos de votre oncle, à feuilleter son Coran et à caresser son uniforme de tirailleur.

Il se passa des années et je crus que j'avais oublié l'Étienne quand il revint au pays pour annoncer qu'il venait de divorcer et qu'il se mordait cruellement les doigts de n'avoir pas épousé la Germaine.

Il frappa à notre porte, se jeta à mes pieds et se confondit en excuses.
— Après tout ce que tu m'as fait ?

Mon amour-propre me commandait de lui dire cela. Je pensais qu'il aurait compris, qu'il serait revenu à la charge jusqu'à ce que je cède, jusqu'à ce que l'amour qui brûlait en moi m'eût réduite en cendres.

— Tu aurais dû accepter, se contenta-t-il de me dire alors qu'on s'était croisés au stand de tir de la foire de Fouchécourt.

Et quelques mois plus tard, déboulait dans les Vosges cette fofolle de Bretonne qui se disait ornithologue et passionnée par le Grand Tétras, un volatile menacé qu'elle prétendait sauver des mœurs barbares des humains. La Bretonne rendit visite à l'Étienne, soi-disant parce qu'elle avait entendu parler de ses talents de chasseur, en vérité pour lui mettre le grappin dessus. Mais ses airs suffisants, sa légendaire indiscrétion et son goût prononcé pour le whisky finirent par lui attirer le mépris de tout le monde. Et comme on ne trouvait plus de Grand Tétras avant les premiers confins de l'Alsace, elle se détourna des gallinacés pour se tourner vers les Albatros bruns d'Australie.

L'Étienne revint me voir à la veille du grand voyage.

— Oh, ça n'aura été qu'un pauvre béguin de jeunesse qui se réveille de temps en temps pour cogner dans nos cœurs. Restons amis, Germaine !

Je ne lui en voulus pas. Je ne sais même pas en vérité si cela m'avait fait de la peine. Papa et maman étaient morts, mâmiche Léontine aussi. Je pouvais tirer les rideaux et pleurer un an si cela me chantait mais je n'en fis rien. Je me rendis compte que je n'étais pas faite pour l'amour et qu'il ne me restait plus beaucoup de larmes pour pleurer quoi que ce soit. L'Étienne devint donc un ami, cela me consolait des ravages de la Pinéguette, cela me protégeait de l'ennui dans ce Romaincourt de nos jours où, à part les Rapenne, il ne reste plus grand monde à qui parler.

J'ai quatre-vingts ans, Monsieur, je ne vis plus que de mes souvenirs. J'attends seulement la messe du dimanche et les cartes postales d'Australie.
Elles me font autant d'effet que celles qu'il m'envoyait de Paris, quand notre amour avait la même fraîcheur que les roses.

Il a un bon cœur, l'Étienne, au contraire de la Pinéguette. Un peu distrait, un peu naïf, un peu faible de caractère. Je l'aurais sûrement rendu plus heureux que cette catin de Bretonne qui l'a privé de son pays pour l'emmener à l'autre bout de la Terre.

Bien sûr que j'ai songé à me marier. À l'âge que j'avais alors, toutes les jeunes filles y pensent. C'est bien après que j'ai compris que l'être humain pouvait se passer de cette coquetterie.

À mon retour de Paris, je me mis à aider le curé parce que l'église est juste à côté et parce que je n'avais rien d'autre à faire. Dans un rayon de cent kilomètres, personne ne voulait d'une couturière. Les carnets de ravitaillement avaient disparu avec la guerre mais on mangeait toujours aussi peu et aussi mal qu'avant. Le curé avait besoin d'une bâbette, il en parla à mon père qui m'appela dans sa chambre comme à chaque fois qu'il avait quelque chose de grave à me dire :

– Bâbette de curé, c'est plutôt bien vu pour une jeune fille de ton cas. Tu vas pas rouspéter, au moins !

Je n'avais nullement envie de rouspéter. Je ne pouvais trouver mieux. Un boulot respectable à quelques pas de la maison à un moment où aucun salaire ne pouvait passer pour modeste. Je ne pensais pas y finir ma vie, je croyais que ce ne serait qu'une simple occupation, le temps que quelqu'un d'autre se manifeste pour me conduire à la mairie. J'ai vu passer une douzaine de curés avant de prendre ma retraite et personne, à part l'Alphonse Rapenne, le cousin de Cyprien, ne s'est hasardé à venir demander ma main. J'aurais dit oui même à cet Alphonse bas sur pattes, sentant l'aïoli et la gnole et les cheveux tout le temps mouillés de sueur. Mais il se passa quelque chose que je ne pouvais prévoir. Papa, papa que j'avais toujours vu souriant, serviable et pondéré, déboula dans ma chambre avec la violence d'une tornade :

– Ça ne se fera pas, un Rapenne sous mon toit !

Je pensais que ces vieilles histoires de famille pouvaient atteindre n'importe qui sauf un bonhomme à l'esprit aussi élevé que mon père. Il a le même âge que moi, l'Alphonse. Nous nous croisons parfois à l'église quand il est en état de marcher. Nous parlons du bon vieux temps, c'est-à-dire de votre oncle qui revient dans toutes les conversations et dont la photo orne la majorité des salons. Il vient parfois boire une camomille et nous rions de ce qui nous avait fait pleurer jadis en tombant d'accord sur le fait qu'à Romaincourt, le croup et la guerre tuent moins que la haine ancestrale qui oppose les Rapenne et les Tergoresse.

Là-haut, une étoile se décroche à chaque fois que l'un d'entre nous s'apprête à crever, me confiait-il, lorsque les rigueurs de l'hiver le plongeaient dans la nostalgie du pays. Eh bien, c'est vrai. Le soir de sa mort, j'ai vu une étoile se décrocher de la Grande Ourse, fendre l'air dans un joli bruit de chalumeau, et s'éteindre furieusement en plongeant dans la Meuse. Et ne me dites pas que c'était un rêve. On ne se pince pas dans un rêve pour voir si c'est vrai.

C'est sûr que de l'autre côté de la mer, son père avait vu tomber l'étoile, lui aussi. J'imagine sans peine comment cela s'était passé. Égrenant son chapelet assis sous la véranda, il avait senti subitement quelque chose vibrer dans le ciel. Alors, il avait pris son bonnet et sa canne et, sans rien dire à la mère, il était descendu à travers les fougères et les lantaniers jusqu'au talus menant vers la rivière. Le vieil homme s'était dressé sur la berge avec cet air méditatif que vous portez tous et il avait attendu longtemps, longtemps avant que l'astre ne vienne se fracasser contre les eaux. Alors, se rappelant mot pour mot ce qu'avait dit le devin, il s'était rendu dans la termitière sacrée pour offrir une obole.

La peau de prière du père, la calebasse à traire de la maman, le village au sommet de la colline et la rivière juste en bas, serpentant dans les gouffres... Il ne parlait pas de lui mais il parlait du village, de l'odeur de miel et de taro chaud, des terrifiantes bousculades des troupeaux rentrant dans les parcs, du son langoureux des flûtes. Oui, cela ne le gênait pas d'en parler, et si souvent que j'avais l'impression d'y avoir moi-même vécu et que j'étais là lorsque le devin avait sorti son miroir. Mais cela, c'est vous qui me l'avez dit. Lui, il nous avait juste parlé du devin, se contentant de pro-

noncer le mot et de façon si énigmatique que j'avais
l'impression qu'il voulait nous poser une colle.

Je lui demandais :

– Comment un Noir peut-il se battre pour libérer
la France ?

– À cause du devin ! me répondait-il.

– Et la colonisation ? Et l'esclavage ?

– Le feu qui t'a brûlé, c'est celui-là même qui te
réchauffera.

– Mais c'est comme si vous vouliez libérer vos
maîtres. Des nègres se battent pour la France et des
Français pour l'Allemagne !

– Cela a un nom, Germaine, la foutaise humaine.

– Qu'est-ce que le devin vient faire là-dedans ?

– Ne vous énervez pas, Germaine ! Ma parole, je
vous répondrai un jour. Pour l'instant, je dois faire
cette guerre, peu importe l'ennemi. Personne ne dira
qu'Addi Bâ a fui.

– Aujourd'hui, l'ennemi, c'est Hitler !

– L'ennemi, c'est la mort, le seul auquel il vaille
la peine de se mesurer !

Maintenant que, grâce à vous, cette énigme est levée,
sa vie est posée sous mes yeux comme un puzzle que
l'on aurait fini de construire. Ses silences sont devenus
édifiants et ses proverbes bien plus clairs.

Il est né l'année du tremblement de terre, me dites-
vous, ce qui correspond à l'année 1916, d'après vos
calculs. Le village s'en souvient très bien, paraît-il : on
avait vu passer une comète et la foudre avait frappé les
enclos tuant des dizaines de taureaux. Et le lendemain
matin, du côté de la rivière, on avait entendu un gros
bruit de tambours. Et quelques instants après, un jeune

homme robuste au visage couvert de balafres s'était présenté à l'entrée du village :

– Nous sommes des Bambaras ! Est-ce que vous nous laissez entrer ?

On lui avait ouvert le portail de lianes, et le devin était entré, suivi de sa femme aveugle et de ses joueurs de tambours. Il s'était dirigé tout droit vers la case de votre grand-père sans demander son chemin :

– Peul, donne-moi un bœuf et moi je te montre mon miroir !

– J'en ai déjà un !

– Il n'y a pas de miroir comme le mien. Regarde !

Il le plaça sous le nez de votre grand-père, et celui-ci vit ce qui était à voir.

Le lendemain, le garçon du muezzin chuta du haut d'un néré et mourut pendant qu'on le transportait au dispensaire de Bomboli. C'était exactement cette scène qui s'était manifestée dans le miroir.

– Je sais, Peul, que tu viens d'avoir un garçon et c'est ce qui m'amène ici. Ce garçon n'est pas un garçon ordinaire. Son âme est tatouée par les dieux, il fera parler de lui. Seulement…

– Seulement ?

– Seulement, cet enfant ne t'appartient pas. Quelqu'un viendra le récupérer.

– Et il s'appelle comment, ce quelqu'un ?

– Les dieux ne m'ont pas dit son nom.

Il lui tendit de nouveau le miroir :

– Tiens, regarde !

– Un Blanc ?

Votre grand-père scruta longuement l'image apparue dans le miroir. C'était un Blanc et, comme tous les Blancs, un monsieur obèse et brun avec une canne, une redingote, un haut-de-forme et une riche moustache en forme d'aile de papillon. Il prononça plusieurs fois le nom d'Allah, pour attester les prodiges du miroir et du destin inattendu offert à son nouveau-né.

– Tu le reconnaîtras, il sera le seul Blanc que tu verras de tes deux yeux.

– Et il le vendra, n'est-ce pas ?

– Les dieux n'ont pas prévu ça. Ton fils doit partir d'ici dès que tu l'auras circoncis. Ne le retiens pas, il pourrait t'arriver malheur.

– Alors, pourquoi ils ne l'ont pas fait naître Blanc, les dieux ?

– Parce qu'ils n'ont besoin de la permission de personne. Voilà tout ce que je peux te dire : cet enfant n'est pas d'ici. C'est là-bas qu'il vivra sa vraie vie et c'est là-bas qu'il la perdra. Tu l'accompagneras jusqu'au bord de la rivière puis le Blanc le prendra de tes mains et tu ne le reverras plus jamais.

– Mon enfant !

– Ce n'est pas ton enfant, je te dis ! Ici, il ne sera qu'une ébauche. Les dieux ne font que commencer les hommes, c'est sur terre que chacun se crée. C'est là-bas, chez les Blancs, au pays des hommes froids qu'il naîtra vraiment. C'est là-bas que se trouve sa vie, c'est là-bas, son vrai nom et sa tombe ! Maintenant donne-moi mon bœuf, je dois retourner à Ségou !

Le Bambara avait marché un millier de kilomètres pour venir dire cela. Douze ans plus tard, le chef de canton de Bomboli envoya un message : « Quelqu'un viendra bientôt de Conakry, percevoir les impôts. »

181

Le mercredi suivant, la clameur des gamins effrayés, sortant précipitamment de la baignade, retentit du côté de la rivière, affolant ce village de brousse figé dans le silence et dans la résignation.

– Un Blanc ! Ce n'est pas un mensonge, un Blanc !

La population sortait des cases et se juchait au sommet des termitières et des arbres pour mieux voir. C'était un Blanc, un vrai : bizarre et indescriptible comme ils se l'étaient imaginé. Les femmes auraient aimé s'enfuir et les enfants garder les yeux fermés. Mais cet homme était un Blanc, il fallait vider les meilleures cases pour le loger, lui, ses tirailleurs sénégalais, ses domestiques et ses porteurs de hamac. Il fallait le déchausser, le ventiler, installer sa moustiquaire. Il fallait lui égorger un bœuf, il fallait lui chauffer son bain. Impossible de ne pas le sentir, impossible de ne pas le toucher, impossible de ne pas le voir ! Après trois jours de terreur et de haut-le-cœur, les gens se réunirent autour de lui pour entendre son message : « C'est mieux si vous avez des billets de banque, sinon vous pouvez donner ce que vous voulez : des poules, des chèvres, des moutons, des bœufs, du riz, du fonio, du mil, du maïs… Vous avez bien compris ? » On fouilla les greniers et les parcs pour lui apporter ce qu'il voulait. Et ce fut, vous me l'avez dit, la nuit la plus embarrassante dans la vie de votre grand-père. Ce secret qui l'écrasait, il n'en avait parlé à personne. Il en avait parlé avec le Bambara seul à seul dans sa case de mari, héritée de son père et où à tour de rôle, il accueillait ses épouses. Qu'allait-il dire au Blanc ? Juste au moment où cette question lui traversait l'esprit, une autre plus terrible, plus insoluble s'abattit sur lui : comment allait-il expliquer ça à Néné, sa femme, la mère de l'enfant ? Il passa la nuit à se torturer l'esprit, étalé sur les graviers de la cour, ébloui par le clair de lune, agacé par le chœur abominable des grillons et des crapauds. Mais le lendemain, les paupières gonflées par l'insomnie et la bouche paralysée par le trac, il constata que les choses se passaient très bien et très vite, comme si le miroir du Bambara avait songé à lui.

Après avoir avalé son petit déjeuner, le Blanc demanda un peu de papaye, fruit qu'il semblait particulièrement affectionner. Les garçons rivalisèrent de vitesse pour aller en cueillir. Le plus rapide arriva dix minutes plus tard avec une calebasse remplie d'une papaye bien mûre, bien rose, découpée en cubes.

— Merci, mon petit ! Il est à qui ?
— À moi ! cria fièrement votre grand-père.
— Il s'appelle comment ?
— Addi Bâ !
— C'est un bien joli garçon pour un négrillon !
— Je te le donne !

C'est maintenant qu'il pouvait les sortir, ces mots qu'il avait si longtemps roulés au bout de la langue sans oser les prononcer. Avant, il n'aurait pas eu la force ; après, personne n'en aurait tenu compte.
Le Blanc se tourna vers ses tirailleurs hilares.
— Il me donne son fils ! Vous entendez ?
Tous étaient secoués de rires, personne ne pouvait lui répondre.
— Et qu'est-ce que je vais en faire ?
— Tu me demandes ce que tu vas faire de ton fils ?

Le visage de l'homme blanc reprit sa gravité et un soupçon de gêne se refléta dans le coin de son œil. Il grommela quelque chose en baissant la tête, il avait l'air d'un élève surpris par la violence d'une colle. C'est bien, se dit votre grand-père, il est bel et bien troublé, le miroir l'a saisi à la gorge mais il ne peut pas le savoir, il ne connaît que ses choses de Blanc, il ne sait rien du miroir. Il le regarda fixement dans les yeux de la même manière que les sorciers neutralisent leur victime. Il savait qu'il avait gagné, que ce qui avait été écrit là-haut allait maintenant s'accomplir. Le Bambara ne pouvait pas venir de si loin pour lui annoncer un mensonge.

À présent, le Blanc transpirait. Il sortit son mouchoir et porta machinalement sa main sur sa gorge comme s'il allait s'asphyxier. Puis il regarda sa montre et dit sur le ton de quelqu'un qui venait d'admettre sa défaite :
– Très bien, très bien… (Il se tourna vers ses tirailleurs.) Qu'attend-on pour nouer mes lacets et sortir mes malles ?

Le Blanc avala son dernier cube de papaye et se rinça rapidement les doigts. Ses tirailleurs le prirent délicatement et le posèrent au milieu du hamac. La colonne s'ébranla vers la rivière, le village suivit dans une cohue joyeuse où les femmes et les enfants agitaient les mains, en criant des chansons d'adieu.
Le Blanc traversa la rivière et serra longuement la main de votre grand-père.
– Tu as gagné, c'est mon fils ! Mais j'avoue que je ne sais toujours pas ce que je vais en faire.

Votre grand-père retira sa main et rebroussa chemin avant que le miroir ne change d'avis. Sa femme, qu'il avait réussi à effacer de sa tête, se rappela à lui debout telle une lionne devant la clôture de lianes encerclant le village.

– Ibrahima, tu vas me dire maintenant ce que tu as fait de mon enfant !

En vingt ans de mariage, c'était la première fois qu'elle osait l'appeler par son prénom. C'était tellement indécent et tellement nouveau qu'il sentit la sueur couler sur sa nuque.

– Il est parti avec le Blanc, ne me dis pas que tu ne l'as pas vu. Il va le vendre, n'est-ce pas ?

– Qui te dit ça, petite sotte ? Il va juste visiter Conakry, il sera là à la fête de la tabaski.

– Ibrahima, ce n'est pas ça que les fibres de mon corps me disent en ce moment.

– Nous en parlerons demain, Néné. Va me faire du kinkéliba, ça se voit que j'ai la migraine, non ?

– Pourquoi as-tu fait ça ?

– Pour nous éviter la fin du monde.

Il disparut dans sa case et plongea dans les plus longues prières de sa vie. Il se réveilla le lendemain en proie à un problème aussi douloureux qu'une tumeur. Il se dépêcha de réveiller sa femme. À défaut de pouvoir l'aider à trouver une solution, elle seule pouvait partager son angoisse.

– Sais-tu que je n'ai même pas pensé à lui demander son nom ?

– Ibrahima, qui t'a dit que les Blancs ont des noms ?

Il fallait que vous soyez là pour que cette énigme du devin soit résolue. Voici comment Addi Bâ fut adopté par Maurice Maréchal, un homme originaire de Langeais en Touraine et qui servait comme percepteur aux impôts de Conakry. Trois ans après, monsieur Maréchal mis à la retraite, tous les deux prirent le bateau pour la France. Votre oncle avait treize ans. Les photos de Langeais montrent un garçon bien traité si on s'en tient à son vélo flambant neuf, à ses souliers vernis et à son complet de gabardine. Là-bas, on se souvient d'un garçon serviable qui coupait du bois pour les vieilles dames et faisait des travaux chez le docteur Pellet, le maire de la ville.

Pour qu'il arrive à Romaincourt, il aura fallu qu'un Bambara quitte Ségou, marche jusqu'au Fouta-Djalon, et que les Valdenaire aillent cueillir des champignons...

Ce que l'on appelle destin est un bien grand mot, c'est juste une suite de petits hasards emboîtés les uns aux autres. Une pomme tombe en Ardèche et c'est le tsunami au Pérou ! Que peut-on bien comprendre dans ce jeu de sang et de larmes où toutes les vies se tiennent ?

À votre avis, si ces braves paysans ne s'étaient pas révoltés, si les tanks allemands n'avaient pas occupé la fontaine, s'il ne s'était pas risqué dehors pour étancher la soif qui le rongeait, si... aurait-il croisé le brigadier Thouvenet ? Bien sûr que non, et sans le brigadier Thouvenet, sans l'Étienne et son amour des champignons, sans votre arrivée ici, cette histoire n'aurait pas eu lieu. La place qu'y tient le brigadier est discrète et secondaire, donc essentielle dans l'enchaînement du récit. Souvenez-vous de leur catastrophique rencontre dans une chambre de prison, du jeu du hasard et de la mort que tous les deux avaient joué devant le passage à niveau.

Ce Thouvenet, je ne l'ai vu qu'une ou deux fois dans ma vie. La première fois, votre oncle venait de recevoir des mains du maire ses papiers et ses nippes. Le brigadier faisait sa patrouille, quand il l'aperçut assis comme souvent sur le perron de l'église. Il sauta de son estafette, accompagné d'une escouade de subordonnés.

– Môn ! que fait-il là, ce nègre ?

– Mais c'est...

Le gendarme cligna de l'œil pour lui signifier de se taire, et s'avança vers lui, la main collée sur sa poche de revolver.

– Tu as des papiers au moins ? C'est à toi que je parle, le nègre !

Votre oncle fouilla dans ses poches, le gendarme chaussa ses lunettes.

– Hum, commis agricole ! C'est peut-être une couverture ça, hum, pour faire marcher ta petite contrebande ou pire encore ! Je dois vérifier, montre-moi où tu loges !

Un attroupement se forma. Quelque chose de très grave se passait, estima la population de Romaincourt qui, avant la guerre, ne savait même pas qu'il pouvait exister des brigades de gendarmerie. Une centaine de paires d'yeux suivit votre oncle escorté de gendarmes nerveux, on lui fit remonter le pâquis, tourner à droite, passer devant ce perron et pousser cette porte de l'autre côté du trottoir qui, à l'époque, n'avait qu'un seul battant. Quand il franchit le seuil, le brigadier se tourna sévèrement vers ses collègues :

– Attendez-moi ici et n'entrez que si je vous en donne l'ordre !

Ils y restèrent enfermés plus d'un quart d'heure. Les gens trouvèrent que cela faisait beaucoup pour un simple contrôle d'identité mais ne s'en émurent pas davantage.

La deuxième fois, ce fut dans ce salon. Une nuit où la tempête de neige était telle que votre oncle, après sa séance de radio, s'était attardé à bavarder avec papa en attendant que ça se calme. On avait entendu un véhicule se garer, puis une main discrète frapper à la porte. Le gendarme s'était engouffré dans l'alcôve en soufflant des volutes de brume. Il s'était assis juste quelques secondes. Mais j'avais remarqué qu'il avait eu le temps de se pencher vers l'oreille de votre oncle et que ma présence n'avait pas eu l'air de lui plaire. Cela ne suffisait pas pour que je me doute qu'il faisait partie de la résistance. Alors, j'avais fait semblant de m'éclipser vers la cuisine pour me tapir dans le couloir, les oreilles bien ouvertes et ce que j'entendis acheva de me persuader que nous vivions une époque complètement détraquée :

– Ton convoi de la semaine dernière n'est pas arrivé en Suisse, Addi ! Il est allé droit dans la gueule de la Gestapo. Il y avait parmi eux une vieille dame qui toussait. Combien de fois dois-je te le répéter : que des gens valides ! Je ne veux pas de ceux qui boitent ou qui toussent. Attention, si de nous deux quelqu'un doit couler, ce sera toi, pas moi. Compris ?

C'est un drôle de moment, la guerre ! Des nègres résistants, des Français traîtres à la patrie, des Allemands amoureux de Berlioz, de Baudelaire et du beaujolais, des gendarmes du côté des proscrits. Qui était la victime, qui était le bourreau ? Il n'était pas facile à la gamine que j'étais de distinguer le Bien du Mal, l'agneau du loup. C'était le chaos dans ma tête, le brouillard, la confusion ! Il n'y avait plus de frontière nette entre les pays, il n'y en avait pas davantage entre les comportements.

Tous les Allemands ne sont pas des salauds, cela veut dire que la plupart l'étaient en particulier. Les zézesses, comme on les appelle ici. La Feldkommandantur faisait son boulot sans excès de zèle, cela permit de sauver quelques vies humaines. À la Gestapo, vous aviez le choix entre la potence et la chambre à gaz ; à la Feldkommandantur, ils vous donnaient une petite troisième chance.

Côté français, c'est la police qui faisait du zèle. La gendarmerie, autant qu'elle le pouvait, fermait les yeux sur la contrebande et les réunions clandestines, et aidait parfois les évasions vers la Suisse.

Quant au maquis, en vérité, il ressemblait plus à un pensionnat qu'à une garnison : un pensionnat sauvage en plein milieu des bois, un grossier camp de vacances battu par les intempéries. On y jouait aux cartes, aux Zoulous, ou aux dames, on y brocardait les bigotes et les curés. Le chef observait et laissait faire. Il n'était intransigeant que sur trois petites choses : comme je vous l'ai dit, toujours se mettre au garde-à-vous en le voyant arriver, surtout ne jamais quitter le camp sans sa permission, ne jamais recevoir des inconnus sauf ceux qu'il avait lui-même fait venir.

Les gamins respectaient ces règles à la lettre, même le grand Armand qui n'était pas un mauvais bougre.

Il y avait maintenant quatre mois qu'il en était ainsi. Addi passait la journée avec les gars, se mêlant à leurs jeux, leur apprenant à manier les mousquetons et les fusils-mitrailleurs. La nuit, il reprenait sa vie de fantôme errant, faisant la tournée des minoteries et des fermes, rencontrant Simon, Alex ou tante Armelle dans les endroits les plus insolites.

Leurs discussions s'envenimaient à mesure que l'attente se prolongeait. Les gamins ne supportaient plus l'inactivité, et il ne pouvait que les comprendre.

– Si ça continue, je vais passer à l'action, Simon, menaça Addi Bâ. Nous sommes en juin et toujours pas de débarquement.

Simon soupira avec lassitude. C'est ainsi qu'il faisait quand il n'avait aucun argument à lui opposer. Au fond, il pensait la même chose que lui, brûlait du même feu mais se sentait impuissant. La hiérarchie lui commandait d'agir sur instructions, de respecter les ordres, de ne respecter que les ordres. Par ses fréquentes discussions avec Gauthier, il savait que les choses étaient en cours, que les préparatifs avançaient mais que tout cela demandait du temps. Il fallait procéder avec tant de minutie ! Une erreur, une simple négligence, et ce serait la catastrophe.

– Les Allemands, c'est comme les tigres du Bengale, Addi : ou on les tue, ou on en meurt. Blessés, ils sont encore bien plus dangereux.

– C'est ça, restons là à ne rien faire en attendant un débarquement qui ne viendra jamais. J'ai parfois l'impression de perdre mon temps, Simon, et je n'aime pas ça du tout.

– C'est pour bientôt les parachutages, et alors on pourra commencer.

– On peut déjà commencer. Les actes de sabotage

ne demandent pas du matériel lourd. Une simple bricole suffit pour emmerder l'ennemi.

— Il y a un mot qui n'arrivera jamais à se fourrer dans ta tête, c'est le mot de « coordination ». À quoi cela servirait-il de t'agiter tout seul à la Délivrance alors que les gars de la Lozère et de la Haute-Saône ne sont même pas au courant de notre existence ? Pourtant tu es un soldat, Addi !

Ils se quittèrent sans se dire adieu et la rencontre qu'il eut avec Yolande le lendemain ne fut pas plus agréable.

— Nous attendrons l'ordre de Londres. Impossible de faire autrement ! Pendant ce temps, faites-les jouer à la marelle si vous voulez et vous, tâchez de contenir vos pulsions !

— Nous ne demandons pas grand-chose, juste quelques petites tâches. Il faut quand même montrer à ces Allemands qu'ils ne peuvent pas gagner tout le temps.

— Londres nous dira ce qu'il faudra faire et quand !

— Maman…

— Je ne veux pas de réponse, mon fils. Allez dormir. Le temps est bien clément, cette nuit, il y aura des patrouilles partout.

Il passa une très déprimante semaine. Puis, une nuit, Marcel Arbuger alias Simon frappa à sa porte selon le code convenu. Il sauta du lit, le cœur prêt à bondir hors de sa poitrine, se disant que si Simon prenait le risque de frapper chez lui à cette heure, c'était que quelque chose de très grave venait de se passer. Mais quand il ouvrit la porte, c'est avec un large sourire qu'il fut accueilli. Un sourire qui l'énerva davantage au lieu de le rassurer. C'était peut-être une moquerie. Cet homme était venu exprès pour tester ses nerfs, sachant combien ils avaient été rendus irritables par cette interminable attente. Il lui fit signe d'entrer et de ne rien dire. Ils se parleraient quand ils seraient là-haut dans sa chambre. Mais il n'en eut pas le temps, car Simon le saisit par les épaules :

– Ça y est, j'ai quelque chose pour toi !

Addi ne réagit pas, croyant à une blague.
– Écoute plutôt. D'abord, il y a un groupe d'officiers allemands déserteurs à faire passer en Suisse. C'est du gros poisson, une mine de renseignements. Londres tient à ce qu'ils arrivent là-bas vivants et sans perdre un document.

Voyant qu'une lueur d'intérêt commençait à s'allumer dans l'œil de son interlocuteur, Simon poursuivit avec un enthousiasme redoublé :
– Tu connais Fouchécourt ?… Non ? Tu as bien tort. C'est à la périphérie de ce charmant village que les Allemands ont stocké leur plus belle réserve de butin de guerre : des fusils-mitrailleurs abandonnés par l'armée française. Guillaume pense qu'il est temps de mettre la main dessus en prévision du débarquement. Et il vient d'obtenir l'agrément de Londres. Et sais-tu qui est le petit veinard chargé de monter l'opération ?
Addi lui tapota les épaules et lui serra vigoureuse-ment les mains en guise de réponse.
– Ce sera l'occasion pour toi de mettre tes poulains à l'épreuve. Mais ce n'est pas tout : un train chargé de bois et de SS en permission partira pour l'Alle-magne la semaine prochaine. Ce train doit dérailler, débrouille-toi !

– C'est une idée de Londres ?

– Non, de Gauthier.

Après la guerre, j'ai pu recouper mes informations. Un groupe de terroristes avait attaqué un dépôt d'armes à Fouchécourt. Bilan : trois morts et de nombreux blessés. La seconde nouvelle qui fit beaucoup de bruit à cette époque fut l'incendie inexpliqué, survenu en gare de Merrey, d'une micheline en partance pour l'Allemagne. Bilan : cinq SS tués et toute la cargaison de bois brûlée.

À la fin du mois de juin, un bruit insolite attira l'attention du camp. On était aux environs de minuit. Après avoir partagé un frichti avec ses gamins et dispensé ses derniers conseils, Addi Bâ s'apprêtait pour sa tournée de popote ou, qui sait, pour un de ses rendez-vous galants.

– J'entends des pas ! s'inquiéta Bertrand.

– Mais oui, moi aussi, renchérit quelqu'un d'autre. On dirait que ça se rapproche.

– Laissez-moi aller voir, chef ! dit Armand.

– Pas tout seul ! Bertrand, choisis trois de tes gars pour l'accompagner, et surtout n'oubliez pas vos armes ! Maintenant, chut, pas un mot !

Ce pouvait être des sangliers, des chevreuils, des braconniers, des évadés ou qui sait, les Allemands se préparant à l'assaut. Par prudence, Addi Bâ fit éteindre le feu de camp, posta des sentinelles et demanda à ses gosses de se mettre en position de combat. La voix lointaine et paniquée d'Armand brisa alors le silence.

– Venez vite, chef, nous les tenons !

Addi Bâ s'élança avec une dizaine de gars, ordonnant aux autres de garder leurs positions. Ils bravèrent la forêt à la lueur des torches, guidés par la voix d'Armand qu'ils entendaient toutes les deux ou trois minutes. Ils les retrouvèrent à moins de cinq cents mètres de là : douze officiers blonds en uniformes allemands, les mains en l'air, sous la garde d'Armand et de ses compagnons. C'était une belle prise. On les traîna au camp où on les ficela avant de les interroger.

– Quelqu'un parle-t-il allemand ?

– Moi un peu, chef, ma mère est alsacienne, vous savez !

– Très bien, Armand, interroge-nous ces braves garçons, qu'on sache un peu ce qu'ils nous préparaient.

– Je veux bien, chef. Seulement…

– Quoi, Armand ?

– Leur allemand est aussi incompréhensible que leur français.

Addi Bâ poussa un juron et se tourna nerveusement vers les prisonniers :

– Tchèques, Roumains, Croates ?

– Russes ! répondirent-ils dans un chœur presque parfait.

Il s'ensuivit une heure d'une discussion cacophonique, une salade surréaliste de bavarois et de français, de patois lorrain et d'alsacien. On finit par comprendre que ces jeunes gens engagés de force dans l'armée de Vlassov (ce général russe rallié à Hitler) avaient décidé de déserter pour rejoindre la résistance française.

Quelques-uns se réjouirent bruyamment ; d'autres, comme Armand, exprimèrent leurs doutes :

– Qu'est-ce qui nous prouve que ce sont des déserteurs, chef ? Ils peuvent tout aussi bien être des espions. Je demande qu'on les fusille sur-le-champ !

– Ce serait idiot ! Qu'ils causent d'abord !

– Je suis de ton avis, Bertrand, et voilà ce que je décide : qu'ils nous disent tout d'ici le matin sinon à chaque heure nous tuerons un d'entre eux. Pour commencer, comment ont-ils appris notre existence ?

Il dégaina son revolver et visa la tête de celui qui semblait le moins courageux, demandant à Armand de traduire comme il pouvait :

– Alors, commençons par toi ! Qui vous a parlé de ce camp ?

– Les Allemands !

– Quels Allemands ?

– Ceux que nous avons laissés dans la forêt.

– Vous voyez, chef, ils ne sont pas seuls, ils ont des complices dans la forêt. Qu'attend-on pour les fusiller ?

– Calme-toi, Armand, et demande à ces crapules de nous mener vers ces deux Allemands.

– Oui, où se terrent-ils ? Et pourquoi ne sont-ils pas venus avec vous ?

– Parce que ce sont des Allemands et que vous alliez certainement les fusiller. Ils ont pensé que nous, nous avions une petite chance. De toute façon, maintenant nous sommes tous grillés. Si nous retournons au camp, ils nous fusilleront, si nous restons ici aussi. Mais nous avons plus de chance de ce côté-ci.

– Très bien, très bien, toi et deux de tes copains vous allez nous mener vers ces Allemands. Armand, viens avec nous et toi, Bertrand, tu restes pour tenir le camp. À la moindre alerte, tu me zigouilles tous ces chiens de Russes !

Ils étaient bien deux, allemands de la tête aux pieds, terrés dans une grotte, mais allemands malgré tout, c'est-à-dire confiants et raides dans leurs beaux uniformes de sous-officiers. Ils levèrent les mains spontanément et se firent conduire au camp avec une étonnante docilité. Là, ils répétèrent ce que les Russes avaient déjà dit : ils avaient déserté pour rejoindre les résistants français mais comme ils étaient allemands et non russes, croates ou slovènes, on ne les aurait peut-être pas crus, voilà pourquoi ils s'étaient terrés, laissant aux Russes le soin de jouer les éclaireurs.

Et de nouveau, les avis divergèrent sur l'attitude à adopter. Les uns, derrière Armand, voulaient tout de suite dresser le poteau ; les autres pensaient qu'ils étaient sincères, qu'ils feraient de bons alliés. Entre les deux, les hésitants : mieux valait attendre un peu, les épier, les interroger, savoir ce qu'ils voulaient vraiment. Une voix s'éleva au-dessus de cette discussion confuse :

– Commençons par les fouiller, ces Boches de merde !

– Bonne idée, répondit Addi Bâ, un tantinet honteux de n'y avoir pensé plus tôt.

C'est alors que se produisit l'incident de rien du tout qui allait mettre fin au maquis de la Délivrance et décider du sort de votre oncle.

Il n'y avait ni arme ni appareil d'espionnage mais, au milieu des briquets, des papiers militaires, des débris de cigarettes et de biscuits, Bertrand trouva quelque chose de brillant.

– Mince, une montre, une montre en or ! Je peux la prendre, chef, c'est vrai, je peux la prendre ?

– Bien sûr, Bertrand, ce sera ton butin de guerre.

– C'est moi qui les ai arrêtés, chef, c'est à moi que revient cette montre.

Armand était maintenant debout au milieu de la foule, et son attitude vis-à-vis du chef était toute nouvelle. Ce n'était plus le gamin turbulent et timide prêt à baisser la tête et à payer ses bêtises à la moindre semonce. C'était un homme nouvellement conscient de son état, prêt à tuer ou mourir pour défendre son dû.

– Je l'ai donnée à Bertrand, je ne vais pas la lui retirer, Armand !

– C'est pas juste, chef, c'est pas juste !

Puis il grommela quelque chose et disparut dans la baraque.

– Qu'est-ce qu'il a dit, Bertrand ?

– Je n'ai rien compris, chef.

– Il a dit : « Ça ne se passera pas comme ça », fit un autre.

– Fais pas le gamin, Armand ! Bientôt, l'Allemagne tout entière sera ton butin de guerre ! Allez, à demain, les enfants ! Toi, Bertrand, je te laisse le camp et toi, Armand, les prisonniers !

En partant, il comptait aller se confier à Simon ou à sa « maman ». Il se trouvait en face d'un problème délicat et il avait besoin de quelqu'un d'autre pour l'évaluer et le résoudre. Il retrouva Simon et Yolande dans un de ces lieux insolites où ils avaient pris l'habitude de se parler après les signaux et les mots de passe convenus. Des heures de discussion sur ce qu'il fallait faire au maquis de la Délivrance. Au petit matin, Simon, peu sûr pour les questions militaires, proposa de s'en remettre à Gauthier, tandis que Yolande, guidée par son instinct féminin, proposa d'épargner la vie de ces malheureux.

La maman et le fils pédalèrent côte à côte jusqu'à l'entrée de Petit-Bourg, où Addi Bâ s'arrêta et dit :
— Je ne peux pas aller plus loin, vous le savez bien.
— Eh bien, à demain !
— Vous ne m'embrassez pas ?
— Mais si, mais si, mon petit bonhomme ! Et tâchez de veiller sur ces pauvres Allemands, que rien de mal ne leur arrive jusqu'à ce qu'on décide de leur sort.
— C'est moi, le chef des armées, maman, c'est à moi seul de décider.
— Et qu'allez-vous décider ?
— Secret d'état-major, maman. Allez, bonne nuit !

Ce fut leur dernière conversation : ils ne se reverraient plus jamais.

La nuit suivante, il arriva au camp et hurla avant même de descendre de vélo :
— Sortez les prisonniers et dressez la potence !
Bertrand vint vers lui et lui tendit en tremblant un petit bout de papier. Il le lut et ordonna d'une voix écrasée par la panique :
— Merde, cachez les armes, brûlez le camp ! Ensuite, dispersez-vous !

Voici ce que disait le papier : *Vous savez bien, chef, que c'était à moi que revenait cette montre !*

Les prisonniers s'étaient enfuis.
— Bertrand, appelle-moi Armand !

– L'Armand ? Il n'est plus là, l'Armand. Lui aussi, il a disparu, chef.

Il reprit son vélo et courut vers Petit-Bourg et Lamarche, afin de placer des signaux de détresse pour Yolande et Simon. Ensuite, il alla s'enfermer chez lui.

Il ne savait pas que, jaillis de leurs casernes de Vittel et d'Épinal, les Boches par centaines se répandaient dans la contrée.

Vers quatre heures du matin, ils encerclèrent la ferme de la Boène et ordonnèrent à Gaston Houillon, le propriétaire, de les mener au maquis. Le brave paysan vosgien fit mine de s'exécuter mais les conduisit à l'opposé, vers la route de La Vacheresse. Cela donna du temps à ses filles pour prévenir Bertrand et deux autres gars, les derniers, à s'attarder au Chêne du Partisan. Paulette et Jeannine, qui n'avaient que quatorze et seize ans, prirent leurs bâtons soi-disant pour aller chercher les vaches. Elles montèrent là-haut et dirent aux gars :

– Sauvez-vous, les Allemands sont chez nous !
– Vous mentez !

Ils n'y crurent pas, les pauvres gamins. Les Boches les chopèrent tous les trois, les traînèrent devant madame Houillon (qui avait eu la présence d'esprit de jeter la ronéo dans la fosse à purin) et, désignant Bertrand :

– C'est votre fils, madame ?
– Sûrement pas, répondit-elle, en tentant de cacher la peur qui déformait sa voix.

Elle savait, la pauvre, que son fils Albert se trouvait derrière la maison, caché sous un gros sureau.

De là, croyant sa dernière heure venue, il observait l'invasion des Boches qui fouillaient le grenier et le jardin, grouillaient sur la route de La Vacheresse et se dissimulaient dans tous les bois allant de la plaine du Mouzon au maquis de la Délivrance.

Il pensait qu'ils avaient brûlé le village et égorgé ses parents. L'enfer, Monsieur, l'enfer ! Et voilà qu'avec les rayons brûlants du soleil, arriva un colosse de deux mètres, fier de sa corpulence, de son bel uniforme et de sa mitraillette. Il se dirigea vers le parc à lapins, à quelques mètres de lui, se mit à genoux, le doigt sur la gâchette. Cela dura une heure, peut-être deux. Si à ce moment-là il avait toussé ou éternué, il aurait fini comme Bertrand et ses deux compagnons, morts d'épuisement dans un camp de concentration quelque part en Bavière ou en Moldavie.

Les sœurs finalement ramenèrent les vaches, mais les Boches n'en finissaient toujours pas d'arriver. Après la traite, il fallut leur distribuer le lait : cent litres engloutis en quelques secondes et ils en auraient encore demandé si les Houillon avaient eu deux troupeaux de plus.

Puis les Allemands redescendirent du maquis avec les armes qu'ils avaient saisies. Parmi eux se trouvaient les Russes et les deux Allemands qui se disaient déserteurs ainsi que le fameux Alfred, le louche patron du *Café de l'Univers*. Ils réquisitionnèrent Gaston avec son cheval et sa voiture pour amener tout ça à la mairie de La Villotte. Après leur départ, Albert toussa, sa mère comprit : elle apporta un casse-croûte et des tenailles. Il coupa le grillage et rampa comme un reptile pour rejoindre les bois où il se cacha quelques jours. Quand la meute de la Gestapo se dissémina, il suivit les pistes de chasse et les forêts-galeries et arriva en Suisse où il se vendit comme garçon de ferme jusqu'à la Libération.

Au même moment, alors qu'une partie des zézesses investissait la ferme de la Boène, le cœur de la tragédie se jouait ici, à Romaincourt, dans cette vieille maison qui est devant vous et que plus personne n'habite depuis ce jour sombre.

On était en juillet et je venais d'arriver de Paris pour les vacances.

Je fus réveillée par les bruits des moteurs et les aboiements des chiens. Tout se passa en quelques secondes, quelques secondes qui durent encore, quelques secondes qui représentent un siècle pour moi, quelques secondes qui font que vous avez traversé les mers pour arriver jusqu'ici.

Ils encerclèrent la maison, fracassèrent la porte et se ruèrent vers sa chambre dans un grand bruit de brodequins. Addi Bâ sauta par la fenêtre et tenta de fuir par le verger.

Un coup de feu éclata. Il s'écroula, touché au tibia.

Qui a donné Addi Bâ ? Asmodée ? Cyprien Rapenne ? Cette tête brûlée d'Armand Demange ou alors une de ses nombreuses amantes ?

Sa vie de don juan reste aussi énigmatique que sa vie de résistant, menée au détail près, comme une mission secrète. On vous parlera de la fermière de Roncourt, de l'infirmière de Martigny-les-Bains, de la veuve de Fouchécourt et puis c'est tout. Et de temps en temps, quelqu'un évoquera cette fameuse Zénette sans trop oser s'avancer. C'est après la Libération qu'on la verra pour la première fois alors que, tondue et couverte de crachats, on la promenait à demi-nue en compagnie d'autres proscrits comme l'Alfred du fameux *Café de l'Univers* où Simon avait rencontré Gauthier.

Cela se voyait qu'elle avait été belle et riche dans une autre vie, mais peu de gens savaient les raisons pour lesquelles elle avait sombré dans la décrépitude.

Elle était apparue au début de la guerre et avait loué cette somptueuse maison du côté de Robécourt d'où, les nuits, s'échappaient souvent de la musique et des rires sonores.

Addi Bâ commença à la fréquenter juste aux premiers jours du maquis de la Délivrance, vers mars 1943. Il venait parce que l'on y mangeait bien (des mets que l'on ne trouvait nulle part ailleurs sauf chez les Allemands, et parfois chez le colonel). Il venait parce que, outre Robert Marino, on y écoutait aussi ces musiques nouvelles et folles qui, d'Argentine, de Martinique ou de Trinidad et Tobago venaient d'envahir l'Europe. Mais il y venait avant tout pour elle, pour ses yeux de couleuvre, pour ses robes moulantes et parfumées.

Il y venait uniquement les jeudis et seulement autour de minuit. Elle l'attrapait dès la porte et l'enveloppait de ses bras de pieuvre. Ils tombaient sur le sofa, roulaient sur le tapis, reprenaient leur souffle, mangeaient un morceau, dansaient un tango et recommençaient.

Après cela, ils passaient et repassaient *Tango de Marilou*. Il sirotait son thé, elle se servait un verre de vermouth avec une grâce jamais vue de ce côté-ci de la France. Ils parlaient de Paris, évoquaient *Les Folies Bergère* et le *Bal Nègre*. Elle savait en parler, elle. Alors que chez cette saloparde d'Asmodée, tout était forcé : ses habits et ses manières ne réussirent jamais à effacer son tempérament trivial et ses origines provinciales.

Ses week-ends, la Zénette les passait au sanatorium de Bourbonne-les-Bains que les Allemands, dès leur arrivée, avaient réquisitionné pour leurs officiers supérieurs.

Une fois par mois, un monsieur venait de Paris avec sa Citroën, ses magnifiques costumes de gabardine, les effigies de Pétain, et dont la photo, après la Libération, fera la une de toutes les pages sombres de France.

Je sais tout cela grâce à Antoine Palet qui, à l'époque, travaillait comme serveur au bar du sanatorium et dont parfois elle louait les services pour animer ses soirées privées. L'officier qu'elle y venait voir s'appelait Häffpen, le baron Tobiass von Häffpen. Un jeune général raffiné, courtois, passionné de culture française, et grand admirateur de Napoléon. Il possédait une miniature de l'empereur, une pièce arrachée à un riche collectionneur de Vittel et qu'il avait acquise lors d'une vente aux enchères, organisée par la Feldkommandantur au profit de ses veuves de guerre.

Il faisait nettoyer sa suite, changer les tapis et les fleurs pour attendre la visite de Zénette. Sa galanterie était telle, qu'à son arrivée, il décrochait le portrait du Führer et mettait à la place la figurine de Bonaparte. C'est ce qui la trahira, cette pauvre Zénette, puisque c'est chez elle que l'on retrouvera la précieuse pièce après la débâcle de l'armée allemande.

Cela ne signifie pas qu'elle fut la seule à causer la perte de votre oncle. Oh, que non ! Les armées de la collaboration étaient autrement plus nombreuses, plus diffuses, autrement plus sournoises et mieux organisées que celles de la résistance. On épiait le voisin, on dénonçait l'oncle ou le cousin, on traquait l'ami pour un simple paquet de cigarettes. Une époque de rêve pour cette fielleuse engeance des Rapenne.

Cyprien Rapenne avait déjà écrit des lettres anonymes contre nonon Totor, cela vous le savez. Vous ne savez pas en revanche qu'après l'incendie de son poulailler, il s'était lourdement aviné avant de se confier aux cheûlards de *Chez Marie* : « C'est un coup des Tergoresse. Les salauds ! Je vais le leur griller, leur nègre ! »

Un coup des Tergoresse alors que l'été, les étincelles se promènent toutes seules à Romaincourt à cause du charbon de bois que l'on fabrique dans les arrière-cours, et des fourneaux que l'on utilise à chaque coin de rue pour chauffer les fers à repasser.

Quant à Armand Demange, on n'en entendit plus jamais parler. Les gens se demandent encore ce qui a bien pu se passer ce maudit jour où le diable décida de frapper le maquis de la Délivrance. Les prisonniers s'étaient-ils enfuis ? Armand s'était-il alors évanoui dans la nature pour cacher sa honte d'avoir été négligent, orgueilleux comme on le connaissait ? S'il les avait volontairement libérés, cela voulait-il dire qu'il était de mèche avec eux ?

Personne à ce jour n'a réussi à répondre à ces questions. Une chose reste sûre : dans les placards de la Feldkommandantur comme dans les sous-sols de la Gestapo, rien de compromettant n'a été retrouvé à son sujet. Nombreux sont ceux qui pensent qu'il ne s'agissait là que des maladresses d'un gamin qui se trompait d'époque ; un gamin tout droit sorti des jupes de maman et qui ne savait pas que les caprices d'enfant peuvent provoquer des tragédies.

Quand les Américains débarquèrent et que les drapeaux tricolores commencèrent à refleurir sur la terre de France, il ne nous restait plus qu'à vider les placards et crever les abcès. Et ce qu'il y avait là-dedans n'était pas beau à voir, Monsieur. Les archives retrouvées sous les décombres de la Feldkommandantur ne sentaient pas bon ! Cela puait les Asmodée, les Cyprien Rapenne et bien d'autres vieilles crapules qui y avaient laissé leurs honteuses traces.

Seulement, à Romaincourt, il n'y eut ni hommes dilapidés ni femmes tondues. À Romaincourt, on ne châtie pas, Monsieur. On isole dans une muraille de silence et de rancœur, on s'en remet à Jésus-Christ et au temps pour que la malédiction achève son œuvre.

Cinq ans après la Libération, boiteuse et à demi-sourde, Asmodée se traîna chez le curé, recouverte d'un voile noir.
– Je suis venue nettoyer.
– Quoi, la poussière ou tes péchés ?
– Les deux, monsieur le curé.

Une réponse qui sonne encore aux oreilles des Romaincourtiens comme l'aveu d'une vie consumée dans la luxure, le mensonge et le crime. De ce jour et jusqu'à sa mort, elle me secondera à l'église non sans zèle, non sans bienveillance, et sans jamais revenir sur le passé. Elle laissait la Pinéguette à l'école, ou avec ses jouets dans l'arrière-cour de l'église, et sous mes directives, lavait le parvis, époussetait l'autel et le confessionnal, rangeait les luminaires et les prie-dieu.

Cela dura un an, puis un soir, en rentrant chez elle, elle découvrit sa fille écroulée dans la buanderie, les jouets éparpillés le long du pâquis, la culotte déchiquetée et les cuisses ruisselantes de sang tandis que les gendarmes s'enfonçaient dans le Bois à la poursuite de Cyprien Rapenne.

Je me faufilai donc dans sa chambre pour sauver ses documents, tandis que les Boches s'acharnaient sur lui pour le tourner et le retourner et ensuite le traîner depuis le verger jusque sur le parvis de l'église. Cela nous rappelait la fois où il était tombé à vélo, Monsieur, puisqu'il était au bord de la mort et que tout Romaincourt assistait à la scène, malgré les chiens, malgré l'animosité des Boches qui distribuaient des coups de crosse et hachepaillaient, excités comme on ne les avait jamais vus :

– *Der schwarze Terrorist ! Der schwarze Terrorist !* Le terroriste noir ! Le terroriste noir !

Ils s'agitèrent dans tous les sens, fouillèrent sa chambre et les bureaux de la mairie, déployèrent leurs intimidantes parades tandis qu'il gisait dans son sang, les yeux clos et le front trempé de sueur. Nonon Totor s'avança vers lui avec une cruche d'eau fraîche. Un des zézesses la fit éclater d'un coup de revolver en éructant de tous ses poumons :

– Pas d'eau pour les terrorischtes ! Est-che clair ?
– Comme de l'eau de…

Il ne termina pas sa phrase, mon nonon Totor, et personne ne saura jamais s'il avait voulu dire « roche » ou « Boche ». Des larmes grosses comme des filets de robinet coulaient sur ses joues méconnaissables. C'est ce jour-là que pour la première fois il rencontra la tristesse, cette sale bestiole qui ne vous quitte plus une fois qu'elle s'est logée en vous. De ce jour, je ne le vis plus sourire, je ne l'entendis plus plaisanter jusqu'à ce maudit après-midi de 1950 où on le retrouva couché sur la berge du Mouzon, mort d'une paisible crise cardiaque alors qu'il s'adonnait à son loisir favori, dont il avait en vain tenté d'inculquer des rudiments à votre oncle : taquiner le goujon.

Cela dura jusqu'au milieu de la matinée, ils le pansèrent hâtivement avant de le jeter dans un fourgon. Romaincourt le regarda partir et tous, papa, maman, nonon Totor, le maire, mâmiche Léontine, le colonel, tous nous savions que nous le voyions pour la dernière fois. Quand l'infernal convoi disparut au tournant du pâquis, chacun regagna son chez-soi en silence, d'un pas d'enterrement.

On ne savait pas encore qu'à Petit-Bourg, ils venaient d'arrêter Yolande Valdenaire et de la jeter dans un train en partance pour Allemagne.

L'Étienne garda son regard de gamin et son sourire généreux même quand il sut que sa mère ne reviendrait plus, perdue pour toujours dans ce camp de Saxe nommé Bautzen où on l'avait envoyée mourir à petit feu. Il ne s'offusqua pas non plus le jour où une ambulance vint embarquer Hubert Valdenaire pour le conduire à l'asile. À l'aube, Petit-Bourg, réveillé par une explosion de coups de feu, avait surpris son père juché au sommet d'un arbre en train de tirer sur les charrettes à foin et sur tout ce qui bougeait du côté de la route longeant sa maison.

Quelques mois plus tard, il décida de s'installer à Paris où il venait d'obtenir ce poste d'imprimeur et où il était prévu que je le rejoindrais après sa première année de paie. Il m'embrassa longuement et dit au revoir à tout le monde, sans laisser voir un brin de chagrin ou de ressentiment.

Il est de ces hommes qui traversent le temps sans une bosse, sans une égratignure. Il doit y avoir en lui un appendice à part pour emprisonner les mauvais côtés de l'existence et le protéger de leurs effets nocifs. Il n'est pas donné à tout le monde de vivre quatre-vingts ans dans les Vosges sans en vouloir au bon Dieu ou au genre humain. Oh, il a ses petites faiblesses comme tout le monde : de temps en temps, une moue, une colère ; de temps en temps, un brin de tristesse ou de nostalgie tout au fond de l'œil. Et puis, ces drôles de petites étourderies qui l'amènent parfois à faire autre chose que ce qu'il s'était promis. Mais personne ne lui en voudra pour ça. Bien au contraire, on ressent de la peine pour lui quand le moment arrive où il doit payer le prix de son erreur.

Vous ne me croirez pas, Monsieur, mais le gros de ma douleur fut pour lui quand il annonça qu'il avait trouvé le grand amour et que, entre nous, c'était fini. Bien sûr j'avais de la peine, bien sûr que je l'aurais voulu pour moi. Mais c'est à lui que je pensais les deux semaines que je passai à verser des larmes, enfermée dans ma chambre. L'aimait-il vraiment ? L'aimait-elle aussi ? Allait-elle le rendre heureux ? Se montrerait-elle digne de lui, à la hauteur de son intelligence, de sa sensibilité et de sa générosité ?

Vous pensez sans doute que je m'étais réjouie en apprenant son divorce. Eh bien, non, Monsieur, eh bien, non ! Je le préfère heureux même si cela doit se faire sans moi.

Là-bas, en Australie, il doit se sentir loin de tout ça et je ne souhaite qu'une chose, que le bon doux Jésus lui ouvre enfin les portes du bonheur. Il vivra longtemps, l'Étienne, il est fait pour la vie, il est fait pour être heureux. Le bonheur, il y comprend quelque chose, l'Étienne, malgré les fruits amers, malgré les épines.

On ne peut pas en dire autant de la Pinéguette. Elle est venue au monde par la mauvaise porte, Monsieur. Avec la mère qu'elle a eue, le doux Jésus ne pouvait pas grand-chose pour elle. Elle ne pouvait que souffrir et grandir loin de sa main sacrée, loin de sa bienfaisante lumière. Elle était dès sa naissance condamnée à baigner dans les mauvaises ondes sans joie, sans amour, sans la moindre paix intérieure. Elle était juste née pour ça : souffrir, souffrir, gigoter nuit et jour dans les ténèbres et dans les péchés. Recevoir et rendre les coups, c'est juste ce qu'elle avait à faire. Et ce n'est pas de sa faute, Monsieur, non, elle aurait été un être de bien sans le ventre maudit d'Asmodée. Au fond, elle n'était pas si mauvaise que ça, la Pinéguette. Elle m'avait envoyé une gentille petite carte de Hollande juste avant d'y exploser avec sa moto dans cette course internationale où elle pensait décrocher son quatrième trophée de vitesse.

Si elle avait été là, oh oui, si elle avait été là, elle aurait vu cette magnifique plaque et pour la première fois, Monsieur, elle aurait connu le bonheur.

J'attendis deux semaines, le temps de me remettre un peu, puis je préparai une gamelle et me présentai à Épinal, devant la prison de La Vierge. Je longeai ses longs murs de brique rouge, hérissés de barbelés et de miradors, mais je n'eus pas le courage de m'avancer jusqu'à la grille d'entrée, intimidée par les uniformes des sentinelles, le va-et-vient incessant des pelotons, des triporteurs et des chars. Je me tins à cent mètres de là, dissimulée derrière un poteau, résolue à faire entrer ma petite gamelle, quitte à y laisser la vie.

Je fermai les yeux, serrai les poings, et aspirai autant d'air que pouvaient en contenir mes poumons pour me donner courage. Je commençai à compter : un, deux, trois… À cet instant, je sentis un souffle sur ma nuque.
— Que faites-vous là, mademoiselle ?

C'était un jeune homme de mon âge. Il ôta son béret quand je lui fis face et me tapota les épaules pour me permettre de reprendre mon souffle.
— Je vous ai bien fait peur, hein ? Alors, que faites-vous là ? Je vous assure que ce n'est pas bien de traîner dans ces parages.
— Je… Je lui ai apporté à manger.
— À qui donc ?
— À Addi Bâ !
— Au nègre ? Ça ne passera pas, mademoiselle. C'est le plus surveillé de tous. On l'appelle « le terroriste noir ». *Der schwarze Terrorist !*
— Vous le connaissez ?

211

– Bien sûr que non, mais je le vois de temps en temps. Je suis le coiffeur de la prison. Je les vois tous, parfois même plusieurs fois par semaine.

Il s'appelait Henri, Henri Maubert. Il me prit la main et m'entraîna loin de là, sous le pont Sadi-Carnot où personne ne pouvait nous entendre :

– C'est pas joli-joli, là-haut, je vous assure, mademoiselle.

– Ils ont tout de même de la chance d'avoir un coiffeur.

– Mais les cheveux, c'est pour fabriquer des couvertures et des feutres pour les bottes, mademoiselle, vous croyiez que c'était pour leur faire une beauté ?

– Que lui reproche-t-on ?

– D'avoir créé un maquis, un camp de terroristes, si vous voulez. Et savez-vous quoi ? Il n'est pas seul dans cette affaire, ils sont au moins trois à être poursuivis pour le même délit.

– Qui d'autre ?

– Gaston Houillon de la ferme de la Boène et Marcel Arbuger, celui que l'on surnommait Simon. Le père Gaston a déjà été condamné : six mois de prison pour complicité. Pour les deux autres, ça risque d'être lourd.

– Je croyais qu'il s'était enfui.

– Marcel Arbuger ? Ils l'ont rattrapé à Dijon, sur dénonciation. Et l'autre, le Froitier, ils pensent qu'il s'est évadé dans les Hautes-Vosges, ils ont envoyé des gens à ses trousses.

– Ils ont avoué ?

– Non et c'est bien là leur drame. Ils font semblant de ne pas se connaître, jusqu'à quand ? Vous savez, quelques heures là-dedans et tout ce qui est humain s'envole.

– Ils ne les torturent pas au moins ?

– Les tortures, ce n'est pas ici, c'est au siège de la Gestapo. Ils y vont le matin. Cela se passe sur un billard avec des instruments de toutes les formes, un pour chaque partie du corps.

Ce soir-là, je repoussai la soupe que me tendit maman, prétextant une migraine. Je n'eus le courage d'évoquer ma rencontre avec Henri Maubert que le lendemain ou le surlendemain.

Maman alla tenter sa chance, elle aussi, avec des radis, du fromage, du frichti de cuisse de poulet ainsi que des pommes du verger qu'il aimait tant cueillir en sifflant des airs de chez vous. Puis ce fut mâmiche Léontine, puis papa, puis le maire, puis nonon Totor et le colonel… sans plus de succès que moi.

On ne se rendit pas compte que l'été s'en était déjà allé.
– Môn, s'écria nonon Totor, cela fait trois mois ! Ils ne doivent plus ressembler à grand-chose, à se nourrir de détritus et causer avec les rats. Je ne parlerai jamais allemand, vous m'entendez ?

Bientôt, nous comprîmes combien il était inutile de nous indigner. Jusqu'au cou dans la grisaille de l'automne, jusqu'au cou dans le morne quotidien de Romaincourt, nous revivions en silence ce qu'ils devaient vivre là-bas.

Je voyais, comme si c'était au cinéma, la fourgonnette revenir de la Gestapo, la grille s'ouvrir puis se refermer, la horde des déguenillés descendre sous les injures et les coups de croche et bien sûr, celui qui traînait en dernière position, c'était lui. On le reconnaissait non plus parce qu'il était noir, ils l'étaient tous devenus, noirs, à force de rouler dans la merde, à force de ne jamais se laver, mais à sa jambe qui boitait et aux traces de sang pourri qu'il laissait derrière lui. On ne le soignait pas, m'avait dit Henri, ou alors si peu que sa blessure avait gangrené et qu'il lui fallait s'aider de ses deux mains pour pouvoir soulever le pied...

Je l'imagine, déchirer les pans de sa robe de prison-nier pour s'improviser un pansement. Quelqu'un râle dans la cellule voisine, il essaie de le réconforter, sans succès. Il reçoit un message glissé sous la porte par un codétenu, par le coiffeur, par un soldat allemand peut-être mais il n'y comprend rien, il n'arrive pas à lire, ses yeux ne voient plus grand-chose, sa tête refuse de penser.

Qu'est devenue Yolande ? Nous ne le savons pas nous-mêmes, et lui encore moins.

Et Gaston Houillon ? Et Marcel Arbuger ? Là, en face ou à gauche, à quelques pas de lui... Peut-être dans le coma, peut-être déjà morts... Impossible de se sourire, de se faire un clin d'œil, de se taper sur les épaules quand ils se croisent à la popote ou dans la salle de torture. La pire souffrance de toutes : ils ne se connaissaient pas, ils ne se sont jamais vus. Si jamais ils avaient échangé des signes de reconnaissance, cela aurait signifié qu'ailleurs, on s'était battus pour rien...

J'avais rêvé que quelque chose se produirait avant la fin des vacances : quelque chose de merveilleux, quelque chose de réconfortant, quelque chose de lumineux et de nouveau, quelque chose qui viendrait comme un signe du ciel me dire qu'il était temps de rentrer à Paris : le miracle d'une amnistie, la chance d'une petite évasion…

Non, rien sur terre, rien que les ténèbres et la guigne ! Là-haut, le bon Dieu avait sans doute coupé la lumière et le son…

Le 3 décembre 1943, Addi Bâ et Marcel Arburger furent condamnés à mort. Ils furent exécutés le 18, un matin si brumeux, selon Henri Maubert, que l'on pouvait voir les ailes des anges frôler les clochers d'Épinal.

RÉALISATION : NORD COMPO À VILLENEUVE-D'ASCQ
IMPRESSION : CPI BRODARD ET TAUPIN À LA FLÈCHE
DÉPÔT LÉGAL : AOÛT 2013. N° 112351. (73265)
IMPRIMÉ EN FRANCE